U0094298

王鼎钧

文艺欣赏七论

商务印书馆
The Commercial Press

图书在版编目（CIP）数据

文艺欣赏七论／（美）王鼎钧著.—北京：商务印书馆，2023
ISBN 978-7-100-21938-9

Ⅰ.①文… Ⅱ.①王… Ⅲ.①中国文学—当代文学—作品综合集 Ⅳ.① I217.1

中国版本图书馆 CIP 数据核字（2022）第 255663 号

文艺欣赏七论

王鼎钧　著

商 务 印 书 馆 出 版
（北京王府井大街 36 号　邮政编码 100710）
商 务 印 书 馆 发 行
北 京 通 州 皇 家 印 刷 厂 印 刷
ISBN 978-7-100-21938-9

2023 年 4 月第 1 版　　　开本 787×1092　1/32
2023 年 4 月北京第 1 次印刷　印张 10⅞

定价：55.00 元

目 录

第一辑

诗歌

漫谈诗欣赏

一

语言文字有三种功能：

一、使人"知道"，例如我们每天看到的新闻报道。

二、使人"同意"，例如我们每天读到的社论。

三、使人"感受"，例如我们在副刊上读到的诗。

我们做过这样的练习："贵州茅台酒一连六次夺得全国美酒比赛第一名"，这是增加我们的见闻；"全国美酒比赛的评审偏爱茅台"，这是希望我们同意他的判断；"最好的酒出在自己的家乡"，这句话既不能成为知识，也没有人赞成他的意见，却使我们仿佛看见一个人患了严重的怀乡病，感同身受。

还有，"他昨天喝醉了"，这是说明事实；"他昨天喝多了"，一字之差，由说明变成批判；"他喝了很多酒，以为自己是个上将"，这句话传达的既不是事实，也不是意见，而是让我们心目中出现一个"醉态可掬"的形象。

如果认定使用语言文字只限增加阅听者的知识和判断力，"最好的酒出在自己的家乡""他喝了很多酒，以为自己是个上将"，这两句话没有一写的价值，可是这两句话很受欢迎，比"他昨天喝多了"和"全国美酒比赛的评审偏爱茅台"更值得一读，留下更隽永的回味。

这就说到诗，本来凡是散文能做的，诗也几乎都能做，可是诗能够做的，散文未必都能做。在某一方面，只有诗可以做，只有诗可以做得好。有些诗人鼓吹"纯诗"，把诗和散文严格区分。他们的诗不再传达知识和意见，只诉诸感受，写诗不是增加读者判断的能力，而是启发悟性。这样的诗非实用，非理性，非逻辑，甚至不可言诠。

二

席慕蓉《一棵开花的树》：

如何让你遇见我

在我最美丽的时刻　为这

我已在佛前　求了五百年

求它让我们结一段尘缘

佛于是把我化作一棵树

长在你必经的路旁

阳光下慎重地开满了花

朵朵都是我前世的盼望

当你走近　请你细听

那颤抖的叶是我等待的热情

而当你终于无视地走过

在你身后落了一地的

朋友啊　那不是花瓣

是我凋零的心

　　诗人用拟人手法，写出一棵树的痴心。我们也有痴心，因此我们觉得跟这棵树是同类。这棵树、这个同类，满怀炽烈的愿望，却处在完全被动的地位，只有希望川流不息的世事有一天把机会送到眼前。这也是我们曾经有过或正在抱着的梦想,那时,它几乎就是你我生命的全部。

那棵树站在路旁等待,一如你我在人生的十字路口等待。这时,你觉得你自己就是那棵树了。披发行吟江畔的屈原,站在望夫石上的少妇,昭阳日影下的宫人,北望王师的遗民,都在"暂时"中等待永久。你、我、他,这些人结成一个族群,彼此息息相关。等着等着,机会出现了,机会走近了,机会面对面了,诗的张力缓缓拉满,你、我、他的情绪步步升高,终于达到顶点。

可是,就在此时,机会只是一个幻觉,幻觉都会在实现前一刻突然消灭,刹那间,满树繁华同时凋谢,跌落成一地碎片的就不只是那一棵树的痴心了。这首《一棵开花的树》把人生戏剧化了,就像谢榛说的"起如爆竹,斩然而断",白居易说的"高山放石,一去不回"。

人生一代一代,生生死死,我们常说一代新人换旧人,内政部有户籍记载,有人口统计。杜甫不这么说,他说"无边落木萧萧下,不尽长江滚滚来",落木萧萧,老成凋谢,是静态的,线条是直的;长江滚滚,新生代汹涌而来,是动态的,是横线,是曲线。一边让我们看见公墓,非常安静,好像凝固了，一边让我们看见运动场，众声喧哗，每一秒钟都有变化。生死两个场面中间只隔一条线，杜甫把它戏剧化了。

戏剧化以后，你本来要说的那些意思，字面上都没有了。我的老师的老师说，艺术最大的奥秘是隐藏，有人用弗洛伊德的说法，叫伪装变形；有人从佛经借来一个名词，叫变现；用曹雪芹的说法，就是满纸荒唐言。我把隐藏，变现，伪装变形，唯心所变、唯识所现这几种说法融会贯通了，我认为这是文学的特性，有特性才有自己的价值，才可以独立存在，不被并吞，不能代替。

说到戏剧化，杜甫的"无边落木萧萧下，不尽长江滚滚来"固然精彩，王维的"行到水穷处，坐看云起时"也是名句，如果把两者"通分"，新旧交替是他们共同的分母。杜甫提供的画面相当严肃，色彩也比较重，树叶虽然掉光了，树还是顶天立地，上一代人留下典型。"不尽长江滚滚来"，新一代有无穷的生命力，争先恐后。人家说"大江东去"，他不说"去"，他说"来"，换了个角度，让读者面对江水的上游，感受冲击。这个字用得好，应当受到特别的称赞。

"无边落木"和"不尽长江"，这两个画面像电影的分割镜头，中间隔着一条线，好像生前死后、幽明异路。这些是儒家思想，杜甫他是个儒家。王维呢，他在河边散步，他的方向跟河水一样。他一面走一面看河水，河水断流，他也不走了，他也不看河床了，他坐下看云；姿势很舒服，云也比较好看，而且有云就可能有雨，有雨河里就会有水。他不需要做什么，断流他也不忧虑，云起他也不兴奋，一切顺其自然就好。他提供的画面潇洒，水墨很淡，留白很多，这里面有道家思想，王维倾向道家。杜甫、王维，各人有自己完整的世界，他们表现自己的世界，同时也隐藏自己的世界。

文学作品用语言文字来表现戏剧化的人生，成为一门艺术。现实世界产生欲望，艺术世界产生美感，欲望使人烦恼，美感使人的心灵净化。所谓美感并不是美丽漂亮，而是凭自己的直觉进入一个圆满的状态，没有利害，没有恩怨，没有逻辑，没有"小九九"，这时候他一无所有，反而非常满足。

三

海外侨社有很多人仍用唐诗宋词的格律写诗，他们很不愿意将其称为旧体诗，但是称为古典诗或古体诗也不妥当。他们的诗难以定名，一如由五四运动兴起的新体诗难以定位。这两类诗人之间颇有隔阂，很少对话。记得有一次，在法拉盛公立图书馆的新诗欣赏会中，一位爱好唐诗宋词的读者手里拎着一本新诗的诗集，用斥责的语气说："这算什么诗？这是垃圾！垃圾！"可见两者之间有多深的鸿沟。

这位读者大概不读文学史，文学的体裁、内容一直在流变之中，文学的发展史也就是流变史，怎么流，怎么变，可以预测，不能规范。中国诗已经由唐诗宋词的统一格律走向今天的一人一种格律，甚至一诗一种格律。它不是暂时的现象，它应该是传统的发展，它向前延伸了传统；你我都不满意，但是它已不能回转，关心诗运的人只能向前推动，由它再变。不幸的是，当年新诗运动初期，新诗的先驱者跟传统诗人的守卫者笔战激烈，双方都口不择言，留下很深的伤痕，虽然隔了一代两代，今天的诗人犹在承受这种内战的"共业"。

有些新诗晦涩难懂，受人责难，新诗人也曾反诘：你真懂"山从人面起"？你真懂"断无消息石榴红"？诗人的性格和学养形成诗的风格，风格不同，各如其面，明晰和隐晦由此而生。有时候也是写诗的技术问题，"诗言志"，当然要

9

说明白，争取人的了解和共鸣。有时候，不如意事常八九，可与人言无二三，不可言而又不能已于言，就要作诗。诗是唯一允许作者喃喃自语、含糊其词的文体。这时，诗人使用艺术语言，跟生活语言、自然语言有别，写成的诗也跟散文很不一样。"诗宜醉，曲宜醒"，"演戏的人不能保守秘密，他最后什么都告诉你"，诗，制造秘密，散布秘密，还反对人家解释它的秘密。诗宜醉，散文宜醒，散文如果醉了，也是诗。

且看管管写秋色，他不说"傍晚的炊烟"，他说"傍晚正在抽烟"；他不说"一叶落知天下秋"，他说"秋这个汉子从我门前那棵老枫上飘然落下"；他不说"四顾无云"，他说"东面没有云，南面也没有云，北面没有云，西面也没有云"。古诗人留下"鱼戏莲叶东，鱼戏莲叶西，鱼戏莲叶南，鱼戏莲叶北"，到了管管，东西南北的顺序不管了，变成东、南、北、西了，匪夷所思。他说："秋，他把那些纺织娘、金铃子的歌声都一首一首装进落叶里，每片叶都装了满满的虫的语言、虫的歌。如果你用落叶做书签，当你读倦了书，可以听一听那落叶，自会有一些歌，自会有一些虫的语言，自叶上流进你的耳鼓。在小火炉里煮酒也会听到那些虫子、那些叶子喊痛的叫声，一定是烧着了叶子的脚指甲，或是烧着了歌声的尾巴。"这是什么话？这是醉话，这是诗，欧阳修的《秋声赋》里为什么没有？因为欧公那天晚上没喝酒。

欣赏举例，最好让人家看见原作。抄引人家的文章受规矩限制，不得已，抄自己的："有江海要渡，听我说，我来渡你，一如你昔曾渡我。我没有直升机，我有舢板，只要你不怕弄湿鞋子。你不能等大禹疏远了仪狄再戒酒。达摩渡江也得有一根芦苇。马戏团的小丑从胸前掏出心来，当众扯碎，他撕的到底是一张纸。走过来吧，踢开纸屑，处处是上游的下游，下游的上游，浪花生灭，一线横切。江不留水，水不留影，影不留年，逝者如斯。舢板沉了就化海鸥，前生如蝉之蜕，哪还有工夫衔石断流。"这是在写什么，有人替我回答：这是在说醉话。他为什么要说醉话？他想做诗人。诗人为什么要说醉话？诗人要能够说醉话，说疯话，说傻话，说梦话，如此这般，独树一帜。

四

节奏是声音的轻重、快慢、长短、高低。字音有轻重，有长短，有高低，也有快慢，诗人充分发挥语言文字的性能，不会放弃这一部分。

"轻生一剑知"，"轻生"，声音轻快，将军随时可以为保卫国家牺牲性命，像轻生两个字的声音一样从容自如。他平时不必让别人知道，连国王也未必知道，但是他的佩剑知道。古人认为剑有灵性，和主人的心意相通，而且剑陪他一同决战千里，知道他的忠勇。"剑"，重音，这个字一出现，我们从声音中就能体会到将军的决心。

"人生千里与万里，黯然销魂别而已"，"里、已"，声音急促，如闻呜咽，诗人痛惜好友蒙冤流放，满腔悲愤，七言古风的长句显示情感奔放，但是读到每句最后一个字堵住了。"黯然销魂别而已"，这一句出自江淹的《别赋》，原句是"黯然销魂者唯别而已矣"，中间多了一个"者"，声音一顿，最后多了一个"矣"，声音延长，节奏因之变化。这是愁肠百结、阑干拍遍那样沉潜的情感。节奏变化了，情感就不一样了，或者说情感不一样，节奏也随之变化。

"空山不见人，但闻人语响"，"响"，高音，按从前诗人的说法，响亮。贾岛在"推""敲"之间迟疑不决，韩愈替他选择了"敲"，因为"敲"字响亮。空山里面没有人，在我们看不见人的地方有人说话，那声音传来特别响亮，这是创意。相信王维是捕捉到了这灵感，押韵决定押"响"，接着才是"返景入深林，复照青苔上"——日光斜射过来，穿过树叶的空隙，落在青苔上。"上"和"响"两字同韵，从前的人读诗读到这个地方，"上"字读若"赏"，也是高音。这首诗的诗境，本是一片空虚寂寞，响亮的韵脚注入蓬勃的生气，天地为之开朗，我们得以分享王维的道家修养。

李清照的"凄凄惨惨戚戚"，就是低音了，情绪低，字音也低，声音从牙缝里钻出来，有气无力，可以拿堂堂、皇皇、停停、当当这些叠词来比较。"管乐有才终不忝，关张无命欲何如？"李商隐用悲悼的心情写诸葛亮，他选择的韵脚是"胥、车（读如'居'）、如、余"，低音。杜甫以礼赞的态度写诸葛亮，"三分割据纡筹策，万古云霄一羽毛"，他选择的韵脚是"高、毛、曹、劳"，高音。"杜鹃声里斜阳暮"，"暮"，低音，不管杜鹃的啼声像归去还是像布谷，都遥遥相应，正是诗人关闭在春寒孤馆里的心声。我住在纽约，写过一句"梦里家山西复西"，有人问我，美国人称中国为东方，称亚洲为远东，你为何说西？我说地球是圆的，你说它是东是西都行，我此地需要一个西字，不需要一个东字，这是美学的要求，不是字典的要求。

五

诗是字的组合，比其他体裁更重视字音。字音的高低、快慢、长短、轻重形成诗的节奏，一句有一句的节奏，一段有一段的节奏，整首诗有整首诗的节奏。我们来逐句观察关汉卿的一首作品：

> 我是个蒸不烂、煮不熟、捶不匾、炒不爆响珰珰一粒铜豌豆。

这一句说的是"我是一粒铜豌豆"，本来句子短，节奏平顺，中间加上"蒸不烂、煮不熟、捶不匾、炒不爆"四个短句，组成一个长句，节奏就有了起伏变化。短句的节奏比较快，句型相同的句子节奏也比较快。"蒸不烂""煮不熟""捶不匾""炒不爆"这四句很短，句型也相同，这个长句中间出现了一小段快板，而这小段快板并不是使这个长句加速完成，反而在"我是个……铜豌豆"中间以连续出现的顿挫形成阻碍，于是慢中有快，快中有慢，张力饱满。

这是说一句之中节奏有快慢。

> 恁子弟每谁教你钻入他锄不断、斫不下、解不开、顿不脱、慢腾腾千层锦套头。

这第二个长句的句型和第一个长句相同，节奏高低有差别。"响珰珰一粒铜豌豆"，高音，"慢腾腾千层锦套头"，低音。快慢也有差别，如果这个长句和上一个长句的句型相同，我们读第二个长句比读第一个长句要快。正如读"蒹葭苍苍，白露为霜。所谓伊人，在水一方"，后面是"蒹葭萋萋，白露未晞。所谓伊人，在水之湄"。我们读第一段比较慢，读第二段比较快。诗文中常有好几个句型相同的句子并列，我们会越读越快。例如"鱼戏莲叶东，鱼戏莲叶西，鱼戏莲叶南，鱼戏莲叶北"。

这是说一首诗之中节奏有快慢。

> 我玩的是梁园月，饮的是东京酒，赏的是洛阳花，攀的是章台柳。

两个长句之后改变了句型，也改变了节奏。句子缩短，每句六个字，仍然四句同一句型，中间没有顿挫了，如长江出了三峡。这一组句子在长句之后用短句，这是变化。上一组两个长句句型相同，这一组四个短句句型也相同，这叫反复。既变化，又反复。

这一组句子，每句由一个单字领军，玩、饮、赏、攀，都是动词。词的读音比较重，例如"诸葛大名垂宇宙"，"诸葛"二字连着读，很快，若是读"臣亮言"，那个"亮"字就快不了。"听夜深寂寞打孤城，春潮急"，句子开始，"听夜"两个字不能连着读，句子结尾，"潮急"两个字不能连着读，一头一尾的两个单字你得给它重重的"一拍"。温、良、恭、俭、让，定、静、安、虑、得，都一字一顿，如鼓落槌。单字对节奏的影响很大。

　　我也会吟诗，会篆籀，会弹丝，会品竹。我也会唱鹧鸪，舞垂手，会打围，会蹴鞠，会围棋，会双陆。

六字短句之后出现更短的句子，这一组句子由"我也"领军，每句只有三个字。这三个字的组合，是前面一个字，后面两个字——"会、吟诗","唱、鹧鸪",用数字来表示，是"一二"。它和上一组句子的组合不同，上一组句子"玩、的是、梁园、月，"用数字表示是"一二二一"。可想而知，节奏一定不同。

由"会吟诗"到"会双陆"，句型十次重复也许单调，中间用"我也"间隔一下、停顿一下，也是一种变化。变化，令读者有新鲜的感觉；反复，令读者有熟悉的感觉；既变化又反复，一路上就这样走下去。

> 你便是落了我牙，歪了我嘴，瘸了我腿，折了我手，天赐与我这几般儿歹症候，尚兀自不肯休。

句子短到三个字，不能再短了，转过身来加长，四个字一句。四句之后，继之以更长的句子，使人想到《易经》的阴阳变化。这一组四字短句之首也分布"落、歪、瘸、折"四个重音单字，但是每个单字之后有个"了"，这个字声音轻、速度快，改变了上一组句子的节奏。也有人愿意把"落了、歪了、瘸了、折了"这四个"了"字读成重音，那也可以，只是牵发动体，会出现另一种节奏。"红了樱桃，绿了芭蕉"，"红了陌上花，绿了江南岸"，也一样。

这是说，同一首诗可以读出不同的节奏。

> 则除是阎王亲自唤，神鬼自来勾，三魂归地府，七
> 魄丧冥幽。天那，那其间才不向烟花路儿上走。

句子再加长，五个字一句，增加变化。这一组前面几句的句型相同，最后一句很长，也是变化。长句慢，短句快，表示紧急、俏皮多用短句，表示哀怨、沉重多用长句。关汉卿的这首作品，句子由长到短再由短到长，最后用一个长句慢慢刹车，犹如音乐演奏结束时多半出现慢拍长音。

今诗话

一

新诗从古典的格律中出走，自出心裁，至今没有形成新的格律，新文学的理论家也认为是很大的遗憾。也许终有一天，新诗也像唐诗宋词一样，穿上自己的制服；也许它永远不修边幅，穿着睡衣也上街。我常想，也许别管它怎么穿戴，只要它是诗——医生不管身披黑袍红袍，仍然是医生。那么，什么是诗？这个问题一定可以考倒我。如果我说，我写的这篇小专栏不是诗，这话大概没错。它为什么不是诗？并非因为它没有格律，这话大概也没错。如果你想把它变成诗，我现在写的这些话都得抹掉，你得换另外一套话，我这样说大概也没错。

"大江东去，浪淘尽、千古风流人物"，有格律，是诗；

"逝者如斯夫，不舍昼夜"，没有格律，也是诗。"和尚打伞，无法无天"，不像诗；"一个孤独的和尚，打着一把破伞，在旷野里行走"，像诗。"逢山开路，遇水搭桥"，不像诗；"人家是不到黄河心不死，我是到了黄河不死心"，像诗。有一年，发生大水灾，救灾工作忙翻了天。事后，救灾的官员告诉我们："没有一个灾民病死，没有一个灾民饿死。"这不是诗。最后一句："到了夜晚，每一个灾民的头都可以放在枕头上。"这像诗。

只要是诗，哪怕同父异母也"本是同根生"，族繁不及备载，其中必定有人出类拔萃、光宗耀祖。有格律，很好，帮助诗在形式方面更像诗；没有格律有韵味，也很好，帮助诗在内容方面更像诗。韵味之"韵"超过平平仄仄，超越一东二冬，它是雅俗之雅、精粗之精、美丑之美、清浊之清、醇薄之醇。

我说不清，您懂，如果您是跟诗有缘之人。

二

"一个人朝东方开枪，另一个人在西方倒下"，这是欧阳江河的名句。它不能增加知识，因为世上绝无此事；它也不能培养判断力，因为太容易下结论了。最后剩下感受，我们又能感受到什么？自然会想到"铜山西崩，洛钟东应"，这个说法是现成的。现代主义使用"荒谬"一词，认为世事荒谬、人生荒谬，合乎逻辑的不合乎事实，合乎事实的不合乎逻辑。"一个人朝东方开枪，另一个人在西方倒下"，正是要你我感受世界的荒谬。这个说法新鲜。

应该还有别的说法，你有你的说法，我有我的。间谍故事里有一种反射枪，你向前瞄准，子弹并不由枪口出去，而是从枪膛向后射击。还有，地球是圆的，可以想象射程无限延长，子弹又会转弯，它绕过东半球来到西半球。还有，这两句诗表面上说枪击，其实也许在说别的事儿。例如，我们舞文弄墨，口不择言，不知不觉地伤害了毫不相干的张三李四。想起鲁迅的《铸剑》，三颗人头在开水锅中追打厮杀，这是复仇的意志、侠义的精神。那颗子弹不是子弹，是亡魂，由毒怨推动，天涯海角地追它的目标。

苏东坡说："作诗必此诗，定知非诗人。"何谓"必此诗"？就是死守字面，不敢越《说文解字》或牛津字典一步。据传东坡有诗："庐山烟雨浙江潮，未至千般恨不消。

到得还来别无事，庐山烟雨浙江潮。"他说的岂止是两处名胜？王尔德的警句——"人生有两个悲剧，第一是想得到的得不到，第二是想得到的得到了"，是这首诗最好的注解，这就不仅仅是诗中的二十八个字了。

这是诗的"多义性"。艺术作品都应该多义，多义打破空间的限制，天下的人都能接受，也超越时间的限制，后世的人也能接受。这是艺术品和宣传品最大的区别，宣传品只能针对特定的对象，在特定的时间、空间里有唯一的含义。宣传品也可以不朽，那是它的历史价值。

三

难得有朗诵会读诗，在诗人的带领之下读诗。在座的都是文学人口，文学人口吃的粮食是文学作品，粮食有粗粮，有细粮。诗歌朗诵吃的是细粮，精米白面，要细嚼慢咽。

对文学人口来说，万事不如诗在手，朗诵会上每人手里都有诗。光是拿在手上还不够，万卷不如诗在口，要念出声音来，念出感情来，念出抑扬顿挫来。

诗是文学里的贵族，本来属于少数，那天下大雪，天气那么冷，还是来了很多诗友文友。古人踏雪寻梅，我们踏雪寻诗。屋子外面很冷，屋子里面有热情。我们在外国提倡读中国文学，人多人少不是问题，现在人少，以后会多，现在人多，以后更多。下次有人办活动，要多带朋友参加，有了好东西要跟朋友分享。你有，我有，彼此才是朋友。

这几年，演讲会常常有，诗歌朗诵会很难得。诗是有声音的，不但要读，还要听人朗诵，听受过训练的人朗诵，听诗人自己朗诵。诗的语言很微妙，朗诵是一种诠释。作诗的人，得失寸心知，他的诗最好由他自己解释，但诗人向来不解释自己的作品。幸而有朗诵，他的抑扬顿挫、他的吞吐开合是诠释，他的"此时无声胜有声"也是诠释，他的姿态、手势、脸上的表情都在诠释他的作品。朗诵帮助我们真正地了解一首好诗。听诗人朗诵他自己的诗，是很高贵的享受。

四

陈隽弘先生谈写诗，说自己的诗多数人应该都看不懂，他感到"放心"。

诗，写出来是给人看的，别人看不懂，诗人为什么反而

"放心"呢？因为诗人们认为，"人人看得懂"那就不是好诗了。诗集畅销，诗人并不引以为荣。那么，"多数人看不懂"可以证明写得不坏？

有人说"我父亲喝酒喝了四十年"，不是诗；"酒喝我父亲喝了四十年"，是诗。诚然，前一句比后一句好懂，但是，后一句比前一句耐人寻味。"我父亲喝酒喝了四十年"，父亲是主体，酒是附属物，一个人喝酒喝了四十年，离不开酒了，好像被酒支配了；"酒喝我父亲"，酒变成主体了，父亲被酒支配了，发人深省。怎么看？第二句比第一句好。

从前，读书人用毛笔蘸墨汁写字，墨汁用墨块加水磨成，动笔之前，先要磨墨，天天写字就得天天磨墨。一般墨块是长方形，越磨越短，使人联想到那写字的人，墨块磨动的时候，他的岁月也在不停地流逝，那块墨好像是个枢纽。到了宋朝，大诗人苏东坡写出一句"非人磨墨墨磨人"，成为名句。"墨磨人"可以，"酒喝父亲"为什么不可以？

"墨磨人"，否定了一个人在书法方面的成就，岂不太消极了？这一问，就显出诗句的高下——"墨磨人"，使人想不再习字，"酒喝父亲"，使人想应该戒酒，我们多了一个理由支持新诗。

五

我在台北居住的时候，每年暑假都有文艺夏令营。有一年，我们借台湾清华大学的校园举行，诗人痖弦担任主持，凤兮和我开办驻营讲座。痖弦把大礼堂的四面墙壁布置成看板，供文艺营的同学张贴新作，墙角贴诗，称为"诗角"，墙面贴散文，称为"散文墙"。

我曾以"诗角"为题对同学们讲话。为什么叫诗"角"？这个角是诗人的视角，诗人对人生自然有独特的发现。借用李健吾剧本里的台词，"诗人，他看见的，我们都看不见，我们看见的，他都看不见"。还有，诗人有独特的表现方式，我的老师说过："诗有诗法，不恒等于文法。"诗园地就像两面墙的夹角一样，很纯粹，很集中，很小众。所以说，诗如点，散文如线，小说如网。所以说，诗如舞，散文如行，小说如奔。所以说，诗如酒，散文如茶，小说如粥。

有人抱怨新诗难懂，诗本来就难懂，古典诗难道好懂？你读余光中，不能从星空看见希腊，你读杜甫，难道能从月亮看见长安？你读严力，奇怪他"喝着一杯一杯的诗，写下一首一首的酒"，"一边朗诵着酒，一边斟满杯子里的诗"；你读善慧大师，难道不奇怪他"空手把锄头，步行骑水牛，人从桥上过，桥流水不流"？你真懂"断无消息石榴红"？你真懂"万古云霄一羽毛"？如此这般，你我搞不清楚什么是"愤怒的葡萄"，也就无怪其然了。

我们不会忘记，当年文学革命，举出来的偶像是老妪能解的白居易，主要论述的是古今中外一切好诗都用白话写成，先驱者追求的原是"好懂"。后来，诗人自己挺身作证，诗是语言中的金玉，诗是文学体裁中的贵族，诗的读者是文学人口中的选民，诗声有别于市声。诗路的这一迂回甩掉了许多人，我们不能等待诗退回来，只有自己赶上去。

时至今日，我们恐怕不能再说"所有的好诗到唐朝已经作完"。唐人知道箫声吹出怀乡病，不知道号兵吹出来的是血丝，唢呐吹出来的是火焰。唐人知道"玉露凋伤枫树林"，不知道"叶子慢慢片片剥落，像凌迟"（张错）。你了解凌迟，才了解这一句的独步之处，枯枝如骷髅，庭园如刑场，两个字天下人剐骨椎心。"走路要轻，地球会痛。"（王建勋）地球没有神经，你有。地球大，也是牵发动体。修一条铁路要开多少隧道，修一座大楼要挖多深的地下室，我们都住在地球的伤口里。……

诗的疆域，新诗人犹在开拓。两条线形成的夹角，线延长，角的面积扩大。我们对他们可期待，不能规范，他们的缺点只有他们能改正，他们的成果，希望我们都能享有。

六

文学商业化，戏剧先行，小说紧跟。小说、戏剧如男子，商业如美女，商业一招手，男子蜂拥而至。

这就显出诗人的定力。诗刊，唯一不以销路定高下的出版物；诗人，唯一可以自得其乐、自以为是、自立门户的作家。导演拍的片子卖不出去，身败名裂，诗集卖不出去，反而更可以保持诗人的自尊。诗人可以在市场的游戏规则之外自定标准。

要了解诗，诗是贵族，不是平民；诗是珠宝，不是草木；诗是白兰地，不是矿泉水；诗是花腔女高音，不是引车卖浆者言；诗是天上的闪电，不是万家灯火。要了解诗人，诗人是才子，不是君子。诗人可以狂，不可以狷，诗人宁可自大，不可自卑。

诗脉即文脉，诗心即文心，诗魂即文魂。我们写散文、小说的人，多多少少商业化了，诗脉、诗心，多多少少还在。

美国的四月是诗人月，中国的农历五月是诗人月，这一天，我们向诗人致敬。然后，我们好好读诗。不懂，那是因为你读得太少；不懂，那是因为你读得不认真。我们偶然才写诗，但中国自古以来文人都写诗，写诗不是一部分人的专利。我们和诗人做朋友，本是同根生，用平常心包容他们的贵族习气。

然后，我们乖乖地去写有诗脉、有诗心但是跟诗不一样的散文、小说，我们好好地去读散文、小说，印证里面的诗脉、诗心。

七

诗人不解释他的诗，任凭我们莫衷一是、莫名其妙。

两种人解释诗，教诗的人，授业解惑，爱诗的人，分享所爱。

谈诗，一笔写出两个诗字。

读诗，要先对这第一个"诗"有感觉。

诗，并不是用文字写出来的才是诗，没写之前先有诗。文字是媒介，诗人用文字把诗介绍给我们，就像个媒人。

诗，没写出来我们管它叫第一个"诗"，加了引号的诗。如果你我根本不能领会这个加了引号的诗，也就很难欣赏没加引号的诗。

什么是第一个"诗"、加了引号的诗？我不能说明它"是"什么，但是可以说它"像"什么。

诗如点，散文如线，小说如网，戏剧如球。

诗如舞，散文如行，短篇小说如百米，长篇小说如高尔夫，戏剧如篮球。

诗如酒，散文如茶，小说如粥，戏剧如快餐。

诗如唱歌，散文如聊天，小说如演讲，戏剧如争吵。

唱和舞要求很高的技巧，脱离了实用。太实用的人不能写诗，甚至不能读诗。有一部电影丈量人心与善的距离，我们也想丈量性气与诗的距离。有人问"孤舟蓑笠翁"为什么"独钓寒江雪"，他钓的应该是寒江鱼，想想看他离诗有多远。

诗是云，散文是霞，小说是雾，戏剧是雷雨。

诗是空军，散文是步兵，长篇小说是航空母舰，戏剧是陆战队。

每一种说法都"不究竟"，所以有许多说法。如射击，无人射中红心，爱好射击的人都来排队，大家密密地围绕着红心，人数不断增加。你可以体会玩味，提出你的说法。

读诗的人是选民，有些地方跟人家不一样。也有人只是因缘未到，我们在中间帮他跟诗结缘。

八

诗来了，在哪里？若有若无，恍兮惚兮。

它确实存在，我可以指天誓日。诗人说指天誓日也没用，我把它写出来。

"写出来"是赋予形式，艺术需要形式。诗，没写出来，好比灵魂，写出来，好比肉身。

灵魂可以有各样的肉身，黑人、白人、黄种人，如律诗、古风、长短句、自由体。"父母未生我之前是何面目？"诗人未写之前，诗是何面目？天地有诗，杂然赋流形，前则为骚赋，后则为词曲，于今日新诗……

诗人说我有语言文字，我来写诗。诗是吾家事。只有照唐诗宋词的格律写才是诗，此外都不是诗，是偏见；照唐诗宋词的格律写不是诗，此外怎么写都是诗，也是偏见。

"人世几回伤往事，山形依旧枕寒流"，押韵，是诗；"赵钱孙李，周吴郑王"，押韵，不是诗。"三月三日天气新，长安水边多丽人"，纳入了公认的形式，是诗；"江水朝天，照尽一代一代红颜"，未纳入公认的形式，也是诗。"天上一轮才捧出，人间万姓仰头看"，是诗；"中国人抬头的日子"，也是诗。"一夜征人尽望乡"，是诗；"匆匆忙忙，把月球装进瞳孔"，也是诗。"举头望明月，低头思故乡""一夜乡心五处同"，是诗；"今夜，月球是中国人的故乡"，也是诗。

不要用读散文、小说的习惯读诗，也不要用读古典诗的习惯读新诗。

新诗是文学革命，学西洋，不仅人非，物也不是，令我们陌生。骚赋兴起，不需要与《诗经》作战，词曲兴起，不需要与律赋作战。它们顺利继承。新诗一直冒着敌人的炮火前进，至今保持战斗的姿势。别再惹它，见了面，让它把拳头松开，别跟它玩"剪刀石头布"，和它握手。

九

新诗人不愿受韵律限制，五四运动的诗学不是追求更高的艺术成就，而是追求自由和解放。先驱者攻击形式美，连四声都不要。"我手写我口"，演讲稿最近，诗最远。"写我口"也离不开四声。老妪能解，白居易也未能办到。顺口溜、民谣、小调，不能文章华国。

个人自由使诗的成就低，小说、戏剧接受了西方来的限制，成就高。艺术创作就是跳高栏，接受限制，越过限制。新诗高估了自由，它们丢掉的可能太多，破多于立。创造者打破规则、建立规则，他们可能只做了一半。

当年他们有志气，从封建大家庭毅然出走，不带走一片浮云。现在他们回来支撑门户，当然要盘点老家有多少家底。当年有个热词——"扬弃"，创新者对传统发扬一部分，丢弃一部分。现在他们没人再用这两个字了，我们乐见他们有这样的行为。

希望我们的诗人用中国语言文字的特性，建立韵律样式。我们有四声、轻声、变调、儿化音、双声，还有叠韵，完全学西洋，中文的语言特性用不上；完全学译诗，外文的语言特性译不过来。译诗，把所有的好诗都矮化了，学译诗长不高，更何况还有劣译，中文外文都不够水准。译西洋小说，故事结构、人物典型都不会流失，因之把中国的戏剧、小说提高了。

如果文学的发展也有规律：

（一）后出转精。《诗经》描写美人，《楚辞》也描写美人，《楚辞》比《诗经》写得好，《红楼梦》写得更好。唐宋传奇说故事，明清小说也说故事，莫言、贾平凹也说故事，他们说故事的技巧一代比一代高。

（二）兼收并蓄。诗之后有词，词中有诗。词之后有曲，曲中有诗词。曲之后有明清小说，小说中有诗有词有曲。小说之后有电影，电影中有小说、美术、音乐、绘画。

（三）标新立异，越雷池一步。古典主义的规律由浪漫主义打破，浪漫主义的规律由写实主义打破，写实主义的规律由现代主义打破。他们同时建立了新规则。

每一次变革都使文化遗产更丰富，这是我们对新诗的期待。

诗手迹

　　台湾文学馆选辑当代诗人的手稿，出版了一本《诗手迹》，读后得知有关部门曾把"诗的复兴"列为重要工作，由展览、出版诗人的手稿切入，角度灵慧而高明。电脑普及以来，手稿渐渐变成宠物，台湾文学馆开放手稿吸引读者的注意，顺应潮流，循循善诱。文学人口的眼中，诗由后卫变成前锋，网络也由掩埋诗艺术的流沙变成展示的平台。

　　前贤说诗歌是心声，书法是心画，因此声和画可以互相诠释，从书法中可以体会诗人写作时的呼吸、脉搏、心境，可以窥见诗人的性格、阅历、修养。我一直喜欢苏东坡的《寒食诗》，直到见了《寒食帖》以后才对这首诗更了解，也更感动。有学问的人对"悠然见南山"做出各种解说，也许我们恨未能一亲原稿，故难做选择。大体上诗是"密语"，诗人的手迹会泄露更多的秘密，一如台湾文学馆所说："引领观展者在手稿的字里行间走入诗人的内观世界。"

翁志聪馆长在《诗手迹》的序言中以解读书法的过程解诗："周梦蝶端正秀雅，一丝不苟，可见其行事端正自持。管管任性不拘，随兴涂改，有顽童性情。琦君、杜潘芳格、席慕蓉温婉动人，柔韧超俗。……"我看到张大春用毛笔写律诗，想到他除了奔放恣肆的一面，还有工整谨严的一面。周梦蝶、林央敏，枯笔淡墨，若有若无，或者并未介意"千秋万岁名，寂寞身后事"。余光中、陈明仁、席慕蓉、吴晟，点画分明，一笔不苟，倾全力经营此尺幅之间，性情和法度俱在其中。凡此种种，其书仿佛，其人仿佛，其诗也仿佛。

反复看余光中教授的手稿，想起 50 年代时，进口纸和派克墨水都是奢侈品，他的诗就用钢笔写在自印专用的稿纸上，纸质紧密坚固，墨色鲜明不褪，正是台湾文坛的一个亮点。我们那时不懂事，背后笑他准备不朽。那时文稿到了编辑台上，编辑用红笔批注怎样排版，再发给印刷工厂。工厂领班按每个工友排多少字分派工作，常把文稿剪成片断。那时报馆用活字印刷，工友与铅为伍，满手满脸污黑，原稿也就肮脏不堪。那时规定，工厂要把每天的原稿和校样密封保管，以备警备机构追究责任，期限为六个月，期满以后，报馆派最可靠的人监看焚毁。那时我们不懂事，糟蹋了多少名家墨宝，真是罪孽深重！罪孽深重！《诗手迹》里有白灵、罗门、席慕蓉的诗稿，红笔勾点之处就是诗刊编辑的入关签证，这样的诗稿能保存下来，诗刊的编辑有历史眼光，堪称我辈中之佼佼者。

《诗手迹》展示了台湾地区一百四十八年来的诗脉，其间有四十六座诗峰。前贤后进"若苦能甘"，断简残编历经水火兵虫保存下来，恍如文化历劫不灭的样品。诗人向阳以史家之笔作阅读导言，大处着眼，我从他的"探访"中看出，诗兴而后文学各体皆兴，诗衰而后文学各体俱衰。不言而喻，"诗的复兴"洞烛机先。诗居文学四体裁之首，也是四体裁共同的血液。我曾一再说"不学诗，无以写散文"，我几乎要说"不学诗，无以写小说、剧本"。想当年，解放战争告终，隔海分治，台湾的新诗绕过了30年代的大山，然后散文、小说别开生面。而今，虽然"台湾诗坛已无呼风唤雨的空间"，诗脉未断，诗峰不孤，诗心、诗眼、诗兴味、诗境界遍布，一如春是万花，万花是春，不信东风唤不回。

当时龙应台女士为《诗手迹》作序，她说诗是"强大力量的话语"在对外发声，她以充沛的信念鼓舞了诗人。她也说诗是"冷泉",她在序文中斟来一杯清凉之水,诗贵"纯粹"。纯粹,应该是"诗复兴"的指导原则,也该是这一次展览和出版选件的标准。并不是说,只有《诗手迹》展示的四十六家才纯粹。这四十六家的手稿来自文学馆的馆藏,是抽样,是代表。什么是纯粹?她没有说,我们可以诠释吗?唯恐失之毫厘,差之千里。

恕我妄言,"纯粹"应该是就诗论诗,只计"诗值",排除世俗附加的价值。俗语说"名高好题诗,官大好题字",高名大官就是诗词、书法之外世俗的附加。当年诗文众声喧哗,门第、朋党、政治正确、交际手腕、大众宠爱都是放大镜,都是扩音喇叭。选诗评诗,往往也像联考阅卷一样,对某些人给予百分之多少的加分。化妆的终究要卸妆,踩高跷的终究要落地,所以新闻版的名家比文学史上的名家要多。

诗人,或者说艺术家,当然有一个社会身份,"纯粹",就是把他和他的社会身份分开。并不是文化部门或者文学馆把他分开,而是时间的淘洗、艺术的定位把他分开。艺术家必须在失去世俗的一切所有之后证明自己还是艺术家,一如释迦在失去世俗的一切所有之后成佛。《诗手迹》展示了四十六家,只看其人的诗,不看其人在诗之外有没有其他。

尤其是"曲终收拨当心画",最强音落在了周梦蝶身上。周公是何等样人？观察家描述他"一生工作卑微，生活简易"。他是著名的檐下僧、苦行诗人，除了诗，一无所有。他的无有恰恰彰显了他的所有。如此结尾，整个过程的境界突然拔高。

这些年我常想，振兴文运固然要鼓励创作，恐怕也得帮助读者提高欣赏力。我的印象，找个地方听听怎样写诗写小说，容易，找几个人促膝谈谈怎样读诗读小说，很难。这样下去，是否会作家越来越多，读者越来越少？作家好比是个厨子，做菜很辛苦，读者是吃菜的人，吃菜是享受，按情理推想，应该吃菜的人对这些菜更有兴趣，何以不然？我想吃菜也要懂得怎样吃，也要知道什么叫好吃；尤其是美食，更要有一个学习的阶段，俗话说"三代做官，懂得吃穿"。今天做菜的人数超过预期，吃菜的人数低于预期，未必可以用一句"菜不好"打发了之。

尤其是诗，中国人是个爱诗的民族。没错，他们爱的是唐诗宋词，对此他们多多少少有些欣赏的能力，初期的新诗断脐未久，离传统很近，大家还能仗着训练有素说它"不好"；后来新诗独立发展，自有精神面貌，相见不相识，就只能说它"古怪"。中国人对诗的爱好仍在，新的欣赏能力有待普遍培养。我想诗坛健者有许多事情要做，例如，新诗与音乐结合，领略诗的节奏、声韵；新诗与绘画结合，发现诗的色彩、构图；新诗与哲学结合，探索诗中的人生奥秘。当然，新诗还得与古典诗结合，将历代传承的欣赏能力用于新诗。诗从来不是一二知音相会于心而已，唐诗宋词都不是，现代新诗必须有很多很多的知音。

《诗手迹》中的作品的展览在齐东诗舍举行，这栋幽雅的房舍今后是"诗复兴"的第一个硬件。诗国能在大都会中觅得这样一片土地，据新闻报道说是由一位青年企业家欧阳明先生捐款促成的。爱诗的人应该牢牢记住这个名字。这件事听来新鲜，想当年我在台湾的时候，有钱的人从来不和文学结缘，他们只肯支持舞蹈、音乐和绘画。莫非天旋地转，诗人真的要换运气了！但愿文学的其他体裁也否极泰来。

法拉盛诗歌节

之 一

今天，我们读诗。

一个人，一年之中，至少要有一天好好地读诗。在法拉盛，这一天就是今天。

法拉盛诗歌节，今天在云端举行。法拉盛漫天都是诗人，等你伸手迎接，满地都是音符，等你弯腰拾起。

这是诗的博览会，诗都摆在这里。

这是诗的地图，打开了，都挂在这里。

这是诗的交响乐，弓在弦上，管在唇边。

来来来，今年，今天，我们整天读诗。

没有诗，等于花没有香气。

没有诗，等于夜没有繁星。

没有诗，等于眼睛没有瞳孔。

没有诗，等于婚礼没有新娘。

法拉盛，今天一切都有。

有了诗，你我才有趣有味。

有了诗，你我才有灵有性。

从今天起，我们的书架上有诗人的作品，手机里有诗人的电话，日历上有与诗人的约会，谈话中有诗人的修辞。

之 二

纽约华文作家有了诗歌节，看见日历上有诗歌节，好比看见地图上有公园，很舒服。

从前，唐宋元明清，文人都写诗，都读诗，诗和文章一家亲。"李杜文章在，光焰万丈长"，这个"文章"说的就是诗。想当年，形容一个文人，说他"三篇文章两首诗"，意思是说这是他的专长，也表示他也只有这么一点本事。

可是后来不同了，很多写文章的人不写诗了，也不读诗了，写诗的人和读诗的人突然减少了一大半。今天的诗人自成一类，写诗好像是一种专业，散文、小说好像隔行。很多人说过，诗和音乐分家是文学史上的一件大事，产生了这样那样的影响，我看诗和文分家也是文学史上的大事，怎么好像没人讨论？

文学四大体裁——诗、戏剧、散文、小说，这四大体裁好比四个兄弟姐妹，身体里面流着共同的血液。我说过，《诗经》是中国文学之父，《楚辞》是中国文学之母，唐诗是长女，明清小说是长子。五四运动，中国文学有了外遇，生下一个混血儿，就是新诗。这个混血儿受家族歧视，离家出走，在外面创业，有很大的成就，又认祖归宗，为这个大家庭增光。

这是家道中兴的现象，我们需要热烈地庆贺，真诚地联结，不断地拥抱，虚心地切磋。

之 三

大家都忧虑今天读诗的人太少，写诗的人也太少。

尤其是中国人到了外国，如果还使用中文，那就疏远了主流，如果还用中文写作，那就脱离了市场，如果写新诗，那恐怕高处不胜寒了。

幸而不然！纽约的法拉盛是个小地方，这里的一个诗歌节就让我们乐观起来。在这里，中国新诗有一次大集合、一次总检阅、一次嘉年华。中文的诗，中文的现代新诗，还有这么大的潜力，诗人的队伍还这么长，在英文的环境里特别突出、抢眼。

有人说，人生在世，先做诗人，后做革命家，最后做商人。可是今天你看，这么多人仍然做诗人，继续做诗人，永远做诗人，做一个用中文写现代新诗的诗人，这令人兴奋，也让人为诗坛、文坛庆幸，可喜可贺。

中国是诗的国家，多少人说过，中文最适合写诗，中国人最喜欢读诗。

诗歌节推动了新诗的发展。写小说、写散文、写剧本的，偶尔也写诗吧，别再说他写的不是诗。读小说、读散文、读剧本的，也常常读几首诗吧，别再说你读到的不是诗。大家都是诗，本是同根生，只是相逢不相识。写小说、写散文、写诗的，常常聚在一起，打造共同的语言。我们重新创造人人读新诗的时代、人人写新诗的时代。

今天诗人济济一堂，坐在这里的，站在这里的，每一个人都了不起，我们也相信更了不起的人在后面、在未来。年年诗歌节，我们在这里一起织红地毯，地毯的那一端就是诗的复兴、中国文学的复兴。

只要有土！只要还有土！

前辈诗人戴望舒有一首作品，开头说："我用残损的手掌，摸索这广大的土地。"我很奇怪，戴先生四肢健全，为什么说"残损的手掌"。读诗不能照字面的意思来理解，真正的意思在字面背后，文学家称之为"意象"。"残损的手掌"只是"象"，那么它的"意"呢？我想各位语文老师在课堂上可以有不同的解释，我的体会是，那年代国难当头，一个文学教授恨自己不能只手擎天，手掌等于残损无用了，整天藏在袖子里，轻易不露出来，现在为了抚摸祖国的土地，不再顾忌。他以诗人的想象力摸到了长白山的雪、黄河的水、江南的稻田，还有（侵略者留下的）血和灰。他也摸到了祖国还有温暖，犹如恋人的柔发、婴儿的母乳。

对祖国土地的爱恋原是人之常情，小说、电影常有描述，天涯游子，倦鸟归巢，看见自己在祖国的土地上留下的脚印，心满意足。也有回归者进入海关以后，屈膝下跪，以额触地，前额沾上一层黄土。在西洋人制作的电影中，那人亲吻祖国的土地，以吻为礼是他们的风俗。音乐家肖邦是波兰人，死在法国，他随身带着一抔波兰的土，这抔土随着他的遗体一同下葬。

我总觉得手掌的神经丰富灵敏，残损的手掌仍然是手掌。新闻报道常常告诉我们，某一位年轻人不幸失去了双手，他用两只脚弹钢琴，到处演奏。某位年轻人失去了双手，用脚勤习书法，真草隶篆都受人称赏。当我们面对挫折时，感激这些成功的榜样增添了我们的毅力，可是我总觉得人在写字、弹琴的时候，手掌的敏感起了作用，没有手掌参加，音乐和书法的成就毕竟略逊一筹。人的前额固然尊贵，但只是一层皮包着骨头，比较迟钝。人的嘴唇浪漫多姿，教它与墙壁接吻岂不用错了地方。双脚屈居下流，忍辱负重，哪里还有闲情逸致跟你拈花微笑，这点不言而喻。所以戴先生说"我用残损的手掌"。

说到土，我的手掌痒痒的。忘不了黄河流域河南北部的黄土，一片金色绫缎，极目无边。土粒极小，没有风也可以浮起来，钻进你的每一个毛细孔。土层深厚，又松又软，走在上面豪华，坐下去尊贵，捧在手里想象女娲娘娘用黄河的水和泥造人，泥比土多了些重量、弹性、滑润，艳阳又给它添些温度，做哺乳动物比做其他物种幸福。天广地旷的黄土，伟大庄严的黄土，埋葬祖先，养育子孙，锻炼英雄。

我拈过东北的黑土，全世界仅有四大块黑土区，中国的东北平原占了一个。这是最肥沃的土壤，"一两土二两油"，"插一根筷子下去也能发芽"。我没有亲身踏上那黑土地——你得有那个福分，我的同事从那个地区来，脱下军靴，用大头针挖靴底的沟槽，把里面的黑土挖出来，放在雪白的公文纸上供大家传阅。我伸出拇指和食指捏起那么一丁点儿，像捏住一颗钻石，想起抗战时期流行最广的歌曲：黑土！人间的宝地，国家的祥瑞，农业的神话！

我还曾经过一片沙土地，已经忘记是哪一省的了。那是一次长途奔波，中午打尖，面里有沙，弄得我牙齿酸软，不敢咀嚼。店家解释，这一带农田沙土混合，他们一代一代都是这样吃，教我放心。卖面的席棚搭在大路旁边，后面就是农田，我走进去察看，土壤的颜色比较淡，还不能算是白，伸手抓起一把，土粒和土粒之间的距离比较大，里面的空气比较多。论皮肤的感觉，手在黄土里感觉亲密，像居家，手在沙土里比较疏离，像作客。

后来知道，土壤含沙量在百分之五十以下照样可以耕种。这种土壤松软，耕作省力，通气，微生物活跃，植物容易生根，容易吸收水分，它的短处也是它的长处。后来知道是岩石风化成沙，土者，石之精也，沙本来也是土。土何年成为石，石何年成为沙，沙何时还原为土，这一方人士不操这个心，只要庄稼能长出来，大家鸡鸣而起，没有远虑近忧。一方人流汗开垦的土、流血保卫的土、安身立命的土，那天供给我一顿很便宜的午餐。现在，我知道他们的土里仍然有沙，我希望他们的面里没有沙了。

现在知道，人对土地的爱要扩大，扩大到爱整个地球，地球是人间最大的一块土。不知不觉，在我们讴歌科学的时候，问题来了，在我们醉心进步的时候，问题来了，这个问题的名字叫"土地污染"。我们一代一代人把土地弄脏了，再脏下去，水不能喝，粮食不能吃，留得青山在，仍然没柴烧，人都不能活了。"只要有土！只要还有土"，但必须是功能正常的土。怎么办呢？办法有，一言难尽，以后的日子里，有心人随时会在你耳边叮咛。

这些年，我住的地方离土很远，土都被水泥严丝合缝地盖住了，被精心修剪的草坪占据了，被各式各样的栏杆围起来了。许多孩子从幼儿园到高中，指尖没碰过土。教育家说这样不好，家长和教师要想办法使孩子们亲近土，喜欢土，心中有皇天后土。于是在我的日记本里有这样一幕：

出门散步，经过一所小学，见一位女教师率领十几个小学生在学校门外一小块空地上翻土拔草。中年教师像母亲一样教孩子如何使用工具，掘地破块，挑出草叶碎石，如何把手掌埋入土中，享受某种感觉，再轻轻抚平土壤。

依照这里的规则，师生工作时都戴着手套，但是双手亲近土壤的时候都把手套脱掉了，教师也和学生一同检查土壤中有没有可能刺伤皮肤的东西。"抚平土壤"是这一场小小戏剧的高潮，这时身材高大的女教师跪了下来。

我相信这是一种教育。这里是人口密集的地区，孩子们也许只能在大楼兴工挖掘地下室的时候看见泥土，那是不准走近的；他也能在阳台的花盆里看见泥土，那是经过化学处理的营养土，不堪碰触。所谓大地，在他们不过是水泥、柏油、方砖、石板和草皮罢了。教师带他们认识一下"人类的母亲"，或许会对他们产生不可思议的影响。

走过一段距离，回头远望，校外路边这块小小的空地中间竖着高高的旗杆，孩子们的头顶上美国国旗正在晴空中飘扬。

第二辑

小说

漫谈小说欣赏

谈到小说，这个名词《庄子》用过，《汉书》用过，本来的意思是说一些很琐碎、很狭窄的事情——"小言之也"，一些通俗的事情——合乎大众的趣味，真真假假，有虚构的成分，是"街谈巷语，道听途说者之所造也"。不是玄妙的哲理，也不是治国平天下的大道，所以叫小说。

到了近代，中国发生新文学运动，大家学西洋。有学问的人发现，西洋文学和中国传统文学这两个系统有许多地方不谋而合。新文学运动的先知先觉者翻译西洋理论的时候，可以使用中国旧有的名词，于是福楼拜、托尔斯泰都成了小说家。

为什么这样翻译呢？因为《复活》《包法利夫人》也都叙述的是个别的小事，有特殊性，有虚构的成分，能引起大众的兴趣。西洋的小说是用这些小事组织起来的，《复活》

《包法利夫人》和《红楼梦》《水浒传》成了一家人。乔伊斯写的《尤利西斯》，很多人读不下去，我拿它当《阅微草堂笔记》来读，读完了。

依照先贤从西洋搬过来的理论，文学作品是语言的艺术，语言有抽象，有具体，两者中间有层次，好像上楼下楼有楼梯。且看下面这张表：

$$X + Y = Z$$
$$1 + 1 = 2$$
$$1 人 + 1 人 = 2 人$$
$$新郎 + 新娘 = 婚姻$$
$$贾宝玉 + 薛宝钗 = 夫妇$$

这张表，最下面的一行最具体，最上面的一行最抽象，中间有不同的程度，这叫抽象层次。"$X + Y = Z$"没有小说，"$1 + 1 = 2$"也没有小说，抽象层次一步一步下降，降到"贾宝玉 + 薛宝钗"才有小说，降到"诸葛亮 + 周瑜"才有小说。

读小说，我们首先注意他写的是不是小事情，是什么样的小事情。在《红楼梦》里面，宝蟾送酒、黛玉葬花、晴雯撕扇，都是小事情，都很生动，都很有人情味，都是人生里面很难得的一刹那，我们要学会享受这一刹那。我们进入这一刹那，并不嫉妒这是别人的生活，并不批评这是富贵人家的腐败生活，也忘了这是封建社会已经消失了的生活。在那一刹那，欣赏者没有分别心。

小说里面的这些小事情，作家管它叫事件。小说的事件要有特殊性。今天的人读契诃夫，读莫泊桑，常常觉得他们的作品很平淡，没有多大的吸引力，这是因为他们太有名了，太古典了。他们小说里面的那些事件，经过后来一代一代作家的模仿、变造，甚至抄袭，已没有特殊性了。后来的批评家只有强调那些作品反映了什么、代表了什么，越说越抽象，简直拿小说当论文了，不能提起读者的兴趣，给后代写小说的人许多不正确的暗示。

我们读小说，不薄古人爱今人。现代报纸副刊上、综合性的杂志上、网络上，都有很好的小说。在那些小说里头，常常可以发现特殊的事件。20世纪60年代，美国的种族问题闹大了，黑人、白人的矛盾浮上来。有一篇小说，写一个黑人男孩跟一个白人女孩恋爱，女孩的家长坚决反对。这个黑人男孩就去见白人女孩的父母。他卷起袖子，露出黑色的皮肤，然后拿出剃刀的刀片，在手臂上划了一道口子，鲜血流了出来。他对女孩的父母说："我的皮肤是黑的，可是我的血也是红的！"这就是特殊性。到了90年代，风水轮流转，白人政客纷纷想办法讨好黑人。看小说知道有一个白人出来竞选，他到黑人区做演讲拉票，他对听众说："我的皮肤是白的，我的心也是黑的！"后面这篇小说显然是受了前面那篇小说的影响，变成讽刺喜剧，事件仍然是特殊的。

小说是把"事件"组织起来，这种组织叫"结构"。欣赏小说，除了欣赏它的事件，还要欣赏它的结构。结构，前人已经有很多式样，以后可能还有很多变化。艺术讲究形式美，结构是形式美，很重要，我们不能忽略。在台北，有位文学教授开课讲现代小说，讲结构讲了一个学期。我只能讲两个基本结构，一个叫串珠式，一个叫结网式。

串珠式，即用一根线索把那一个一个事件连贯起来，像一串项链；或者说，像古代的结绳记事，在绳子上打结，大事情打一个大结，小事情打一个小结。这个形式我们很熟悉，《西游记》就是这样写的，《儒林外史》《镜花缘》也是这样写的。狄更斯的《块肉余生录》(即《大卫·科波菲尔》)和都德写的《小东西》，当年是文艺青年的必修课。这两部小说也是串珠式，东方未必永远是东方，西方未必永远是西方。我们像欣赏项链一样欣赏这种小说。

《块肉余生录》开篇写主人公"我"半夜出生，这件事本来寻常，可是此刻墙上的挂钟正好自鸣十二声。钟鸣好像是报喜，把临盆接生点缀成一个小小的庆典，钟鸣和婴儿的哭声交响，在静夜中制造片刻的热闹；或者说，连续不断的钟鸣是警报，告诉这个新生命人生在世不容易。这就可记，可读，可以进入街谈巷议。《小东西》写主人公出生时他的父亲正在外面经商，这件事本来也寻常，可是这位父亲一方面接到家中添丁进口的消息，一方面也接到另一个消息——有一个顾客卷走了他四万法郎，逃之夭夭。这位父亲悲喜交集，不知道自己应该哭还是应该笑，寻常的事情马上有了特殊性。不仅如此，小说家都德加上了按语："你当然应该哭，这两件同时发生的事情你都该哭。"奇峰突起，制造悬疑。这两部小说都用一个接一个的小事件表现了曲折起伏的一生，我们一面读一面如同捡起珍珠。

串珠式结构多半用于长篇小说，我也读过这样写成的短篇，如赛伯的作品《我的大学生活》。他写"我"上"植物学"的时候不会使用显微镜，教授费尽心机地教"我"，"我"

居然在显微镜里看见了自己的眼睛。他写学校足球队的一位明星头脑简单、四肢发达，教授和同学怎样帮助这个人渡过"经济学"的难关。他写军训教官是一个将军，指挥学生操练队形变换，"我"走错了方向，将军偏说只有"我"一个人做对了。后来将军召见，"我"惴惴不安，以为会受到责罚，可是将军只顾用苍蝇拍子打苍蝇，好像忘了这个学生是谁，也忘了为什么召这个学生到办公室里来。就这样，"我"的大学生活用一个一个小事件串联了起来。上大学是一种享受，一些小小的愚蠢犯下的美丽错误，将来也都成了天宝旧事。不管怎么样，你在大学里泡着，你就是金童玉女，而今而后纵然不能谈笑有鸿儒，一定往来无白丁。

　　结构，除了串珠，还有结网。内容决定形式，《西游记》只有唐僧取经一条线，可以串珠；《三国演义》有魏蜀吴三条线，反复交叉，就得织网。你也可以用"织网"的结构写唐僧取经，那就不是唐僧走在路上、妖精一个一个地出现了，那得在唐僧动身之前，所有想吃唐僧肉的家伙一次性出现，一同开会，大家商量怎样活捉敌人，平分战果。对决开始，妖魔联军并不能真正团结，他们各怀鬼胎，都想独占私吞，这就给唐僧师徒很多机会。这样的结构比较复杂、比较困难，但能织出来一个很好看的图案。

法国小说家梅里美有一部作品叫《可仑巴》（即《高龙芭》），也是名著，我读的是王梦鸥教授的中译本，现在讨论网状结构，正好拿来观察一下。"可仑巴"是女主角的名字，她要为死去的父亲复仇，对手是当地的一个律师。小说开始，人物纷纷上场：可仑巴、她的哥哥、她要报复的那个嫌疑犯，还有当地的县官，还有从远方来的客人——一对英国父女。复仇者和嫌疑人交手斗争，其他人都卷进来，每个人都是一条线，各条线纠缠在一起，互相排斥也互相吸引，互相抵消也互相激发，就这样，故事情节向前滚动。《可仑巴》被称为结构最好的小说，我当年学习的时候曾经把它的结构做成图解，欣赏其中的秩序。

中国有一本言情小说叫《平山冷燕》，这四个字代表四个人，它是从每个人的名字里头摘出一个字来，合成这本书的名字。"平山冷燕"，"平"和"燕"是男子，"山"和"冷"是女子，这四个人先后出场，展开一连串密切的互动，也就是每个人一条线，四条线你影响我，我影响你，大家都是网中人。古人说红尘是一张网，现在的人说人际关系是一张网，一个机构的组织也是一张网，读了网状结构的小说你才明白这话是什么意思。《平山冷燕》有个大团圆的结局，"山"跟"燕"结婚了，"冷"跟"平"也结婚了，婚姻美满，生活幸福，大家都说这是俗套。俗套也可以欣赏，过年说恭喜发财，过生日说寿比南山，都是俗套，我们还是可以有欣赏的心情的。有人说这本小说太封建，你封建我就欣赏你的封建，《水浒》《红楼》哪一本不封建？你难道还想从梁山泊的金交椅上找特蕾莎修女，从大观园的金钗里面找红色娘子军？世界上的人可爱，是因为他们多彩多姿，并不是用一个模型铸造出来的。

小说基本上是叙事，"事"是人在网中的行为，他为什么这样做，为什么不那样做，多半是因为他的个性。在小说里面，我们可以遇见许多有个性的人物，这些人物个性强烈，行为有特殊性，被称为典型。有人说，写小说就是为了创造典型人物。这句话好像也不能说得这么绝对，不过"人物"仍然是小说的脊梁、我们欣赏的重点。小说是什么？有人说，小说是"一个人，遇到一个问题，他想了一个办法去解决，得到了结果"。有人说这样还不够，小说是"一个人，遇到一个重要的问题，他想了一个特殊的办法去解决，得到了一个意外的结果"。天下本无事，庸人自扰之。天下本无事，英雄自扰之。天下本无事，林黛玉自扰之——不仙风道骨地做你的绛珠草，到贾府来还什么眼泪。天下本无事，堂吉诃德自扰之——不守着你不大不小的田产吃炸鸽子和小牛肉，跑出来闯荡什么江湖。还有雨果笔下的那个通缉犯，万人如海一身藏，天下本无事，偏要冒出水面帮这一个救那一个，暴露行迹，制造悲惨世界。自扰者人亦扰之，扰攘不休。小说欣赏者来看造化的奇妙，一样米养百样人，百样人有千样心，我们好比进了名山胜地，每一步都是风景。

读小说好比照镜子，我拿起镜子一看，里头是祝英台。我拿起镜子一看，里头是白娘子。我拿起镜子一看，里头是日瓦戈医生。我拿起镜子一看，里头是笔尔和哲安。天上人间会相见，相看两不厌。我拿起镜子一看，里头是阿Q。鲁迅大师笔下的阿Q也有可爱的地方。阿Q，老天爷给他的智商太低，他既不能巧取又不能豪夺，一无所有；他也没有东西可以让人家巧取豪夺，这就成了一个多余的人。大师赋予他艺术形象，他就退出了这个社会，别有天地，你我不可以再用这个社会的肉身形象衡量他。他不是一句口号标语，也不是一本教科书。你我不必把四万万五千万人的原罪都交给他，要他扛起来。不要怪他不革命，他不是革命的料，而是革命志士要救赎的人。革命家看到阿Q，要想起自己的责任，不是想起阿Q的责任。革命，他能做什么？像他这样一个人，只能把炸药捆在前胸后背，到人群密集的地方去轰然一声。那样的阿Q不好看，我不愿意有那样的阿Q，宁愿有这样的阿Q。

好，现在从大处着眼，我们来欣赏小说使用语言大量述说的能力。想当年跟老师学演说，老师规定连续讲五分钟的话，讲出有组织的内容，就及格了。为了达到老师的要求，还真费了不少力气。现在你看长篇小说，他怎么能写得那么长！有学问的人说，最长的小说是《追忆似水年华》，法国作家普鲁斯特的作品，四千多页。没学问的人说，最长的小说是咱们的鼓儿词《杨家将》，说的是宋朝杨继业将军的家族故事，据说没有一个说书的人能够把杨家的故事说完。

引用王梦鸥老师一句话——"小说就是大说"，他大说特说，滚滚滔滔，江河万里，挟泥沙以俱下，让我们心魂摇荡，不知今夕何夕、今年何年。有一部小说叫《琥珀》，是美国作家凯瑟琳·温莎的作品。她写伦敦有一年流行大瘟疫，瘟疫怎么发生，怎么传染，怎样改变了生活习惯，一写就是九十页。《大宋宣和遗事》涉及《水浒》故事的部分不过千把字，写成《水浒传》，约九十六万字。《水浒传》写武松杀西门庆，不过万把字，写成《金瓶梅》，最少六十万字。有学问的人说，托尔斯泰写《战争与和平》，本来计划写一个中篇，但这位小说家打牌输了钱，于是小说越写越长，多赚稿费当赌本。鲁迅先生的《阿Q正传》本来很短，《晨报副刊》的主编孙伏园一看，竭力主张拉长。迅翁想早点结束，伏老坚决反对。伏老出差，请了几天假，迅翁抓住机会，赶快把阿Q枪毙了，结果只写成一个中篇。如果伏老不出差，《阿Q正传》很可能是个长篇。你看人家这个本事！

中国从前有一个行业，叫作说书。说书的人一面说一面增添情节，没有固定的书本。陆放翁的"斜阳古柳赵家庄，负鼓盲翁正作场"写的就是这一行。有学问的人说，这一行就是小说家的前身。这一行流传这么一个故事：有一个说书的，每天带着徒弟说书。有一天，他说到男主角在楼梯口把女主角抱起要往楼下摔，之后便"且听下回分解"。第二天，他感冒了，就教徒弟替他说几天，故事情节也由徒弟自由构想。几天以后，说书人的感冒治好了，可以自己上场了，他问徒弟说到哪里了，徒弟说，男主角还在楼梯口抱着女主角要往下摔。师父问为什么不继续发展，徒弟说："我不知道师父究竟要他摔还是不要他摔。"你看，男主角在楼梯口把女主角抱起要往下摔，这个悬疑他可以连说好几天，场子不散，这就是"大说"的能力。师父一听，拍拍徒弟的肩膀："你可以出师了，出去自立门户吧。"

刚才说的是我们欣赏小说家表述的能力，最后我强调我们还要欣赏小说家隐藏的能力——"小说就是大说"，现在我后续一句：小说就是"不说"。他说了千言万语，都不是他要说的，他要说的没说出来。可是，我们看了他说出来的，就知道他没说出来的是什么，他没说的比他说出来的更多，也更大。这一手教人看了才过瘾。

在这里我先举一个例，唐朝人写的一篇小说叫《杜子春》。那时候不叫小说，叫传奇。我以前常常谈到杜子春的故事，今天再谈一次。我非常喜欢这个故事，唯恐别人把它忘记了。重要的地方要重复，"大胆地假设，小心地求证"这两句话，胡适之重复了一辈子；"神爱世人，甚至将他的独生子赐给他们"，牧师也重复了一辈子。

杜子春是一个人的名字，他很想学道修仙，请求一个老道士收他做徒弟。老道士不肯，他认为杜子春只能做人，不能成仙，禁不起杜子春再三恳求，只得说"好吧，你来试一试吧"。学道要上山，老道士吩咐杜子春专心打坐，不论发生任何情况都不可以发出声音来。不得了，老虎来舔他的脸了；不得了，毒蛇在他身上绕了三圈；不得了，起了一场大火，把他活活烧死了！杜子春记住老道士的命令，没有出一点声音。

人死了，阎王要审判他的灵魂，不管问什么，杜子春一律不回答，把阎王爷惹火了："你这刁鬼，我要好好地整你！"上刀山，下油锅，一样一样来，杜子春没叫疼，没求饶。阎王一看，你还真能忍，真能受，让你投胎去做女人，你慢慢地忍、慢慢地去受吧。那时候，女人没有人权。杜子春从母胎里生出来，"他"不哭，长大了，"他"不说话。那时候重男轻女，这个家庭一看生了个女儿，已经很失望，结果又是一个哑巴，都来虐待"他"。"他"挨冻受饿，浑身是伤，"他"没哭过，没叫过，也没抱怨过。等"他"长到十六七岁，家里就马马虎虎地把"他"嫁出去了。

出嫁并没有改变"他"的命运，丈夫游手好闲，天天在外面喝酒，喝醉了就回家打老婆。老婆怀孕了，生产了，这个丈夫又打孩子。做母亲的护着孩子，他就老婆孩子一起打。这个日子怎么过？可是也一天一天地过。终于有一天过不去了，那个醉鬼又打孩子、打老婆，把孩子抢过来朝窗户外头一丢！这一丢，小说的最高潮来了。那个妈妈，也就是杜子春，再也控制不住了，"他"什么都忘了，只听得"哇"的一声大叫。这一叫，天旋地转，换了人间。妈妈、孩子、醉鬼都没有了，只有杜子春坐在原来的地方，只有那座破庙，只有那个老道士。道士说："你让我白白浪费了这么多的工夫，我说你不能成仙，只能做人，你可以死心了吧。"

这是这篇小说写出来的部分，它还有没写出来的部分，它是说人生在世，什么都可以放弃，什么都可以被消灭，唯有母爱，那是万古长存的，那是无论经过多少劫难都不会丧失的，否则你就不是一个人了！这一层意思，小说字面上完全没有；你读了小说，会发现这层意思分明存在。写出来的部分有特殊性，杜子春的人生经验总算是个独家；没写出来的部分有普遍性，母亲为子女可以牺牲一切，没有条件，没有保留，这是人类共同的品性。这叫"具体中见抽象"。已经写出来的很少，一个杜子春而已，没写出来的很多，可怜天下父母心！这叫"寓无限于有限"。

能够做到这一步，才算会写小说，能够看到这一步，才算会读小说。《白鲸记》在写什么？只是在写为了一条腿去杀死一条鱼吗？卡夫卡的《审判》在写什么？只是写一个人糊里糊涂地送了命吗？莫言的《生死疲劳》只是写人死后要轮回吗？《红楼梦》只是写一个家族破产、两个女孩子争风吃醋吗？小说家要在一个人的悲欢离合中说出天下苍生的祸福，借茶壶里的风波表现国家社会的动荡，借一个张三李四让我们看见普遍的人性。可以说，这也是"放之则弥六合，卷之则退藏于密"。可以说，这也是"造端乎夫妇，及其至也，察乎天地"。有人说，小说家为人类的过去写寓言，为人类未来的历史写预言。常言道"会看的看门道，不会看的看热闹"，只看它写出来的部分，那是看热闹，能看出它没写出来的部分，那是看门道。欣赏小说要既能看热闹又会看门道，学会看门道，看起来更热闹。

小说的故事情节

一

那年代，年轻的媳妇守寡，襁褓里还有一个孩子，总教人有些不放心。大家庭中的嫂嫂，自动充当侦探，妯娌不和是中国五千年文化的遗产。

那年代，一般乡镇没有电灯，没有汽车，没有花灯、焰火，乡镇好像与山野连体，夜间常有野狼出没。野狼不但吃鸡吃鸭，也吃人，居民谈狼色变。

狼与人争生死，也有它的特殊技能。它能站起来，沿着墙根行走，月光下远看像个人，这样，居民就放松了警觉。

可是这个黑影也引起了嫂嫂的特别注意，她相信这是奸夫溜进弟媳妇的卧房，连忙向公婆告密。

于是这个家庭的尊长约集男丁，连夜来一次大搜查，说是狼进了家。没想到，果然从媳妇的床底下窜出来一只野狼，从勇士们的刀尖下和裤管旁突围。勇士们大吃一惊，长辈们松了一口气。

嫂嫂的想法不同，原来是一只狼！原来找一只狼比找一个奸夫容易，一只狼可以做很多事情。……她从此对狼有特别的好感。

这是一个故事，其中狼能站起来，沿着墙根行走，月光下远看像个人，混进了年轻寡妇的卧房，居民捉奸，没能搜出来一个男人，惊走了一只狼，是它的情节。

有人说小说、戏剧的故事只有九十几种，我对此有疑问。九十几种故事中有一条"复仇的故事"，哈姆雷特复仇，越王勾践复仇，赵氏孤儿也复仇，难道一样？它们各有各的情节，也就各有各的特色，不能合并，不能代替。杰克·伦敦写一只狗为了替主人复仇自己先变成一只狼，他通过一连串的情节来完成，使我想起小时候见过一个人，他为了复仇去学杀猪，他认为杀猪是杀人的先修班。长大后我又见过一个人，他为了复仇去从军，他认为当兵就是学杀人。想想看，赵氏门客为了替孤儿复仇都做过一些什么事情！哈姆雷特之所以复仇失败，正因为他有所不能。勾践卧薪尝胆，"十年生聚十年教训"，他的"教训"是什么？恐怕是想尽办法改变越国的民风，使他的子民冷酷残忍，好战嗜血，使越国的社会成为一部有效的战争机器。如果写成小说，这些都是情节，这部小说的情节特殊，也只有自成一类。

说到狼；前贤归纳小说、戏剧的故事，有一条正是"人与动物的关系"。说到狼，杰克·伦敦写狼，朱西宁写狼，司马中原写狼，姜戎也写狼。朱西宁写一只狼在黄昏混入羊圈之中，群羊骚动不安。牧人掌灯察看，那只狼抱紧羊圈中间的一根柱子站了起来，躲避着牧人的视线。牧人抖开手中的鞭子，这条鞭又细又长，末端拴着一块石子，只见鞭身绕着柱子转了三圈，把那只狼牢牢地缚住了，这就是情节，颇有武侠趣味。狼之外，有斯坦贝克的老鼠、海明威的鱼、爱伦·坡的猫、卡夫卡的狗。海明威写过两次钓鱼，第一次在他家乡的河边，第二次就是《老人与海》。第一次的成就远不及第二次，原因很多，现在只谈情节，他第一次的作品缺少情节。

二

刘非烈的代表作短篇小说《喇叭手》，写两个吹喇叭的乐手，都没有固定职业，靠打零工维持生活。打零工需要解释一下吗？办丧事的人家，把棺材运到墓地埋葬，雇一个乐队沿途吹打，乐队人手不够的时候，要临时请队外的乐手帮忙。

在刘非烈的笔下，这两个喇叭手一连多天都没有收入了，这天好不容易有丧家来找他们。这个家庭也穷，为了节省开支，只请这两个喇叭手组成"二人乐队"，完成葬礼。

出殡，也就是把棺材抬出去的这一天，"二人乐队"打头，路上景况凄凉，他们吹奏得却格外起劲，好像走上了专用的御道，彰显了自尊。走着走着，对面来了一个大乐队，一家大财主也在出殡，彼此交臂而过。他们的乐队制服鲜明，诸般乐器齐全，乐声震耳。有钱的人办事威风，大乐队的声音把小乐队的声音吞没了，两个喇叭手完全听不见自己的吹奏了！

可是这两个人毫不气馁，其中一个对他的伙伴说："吹吧，死人会听见的！"这句话调门儿拔高，境界提升，读者精神一振，这"一振"就是欣赏。

由"喇叭手"想到当年有女子乐队，队员一律由少女担任。有一个女学生没学过任何乐器，靠关系混进乐队吹洋号，在九支洋号的掩护下赚些学费。内行人看出破绽，如果她是真的，她在吹奏洋号之后上唇会起泡，否则她就是假的。观人于微，言之有趣，趣味就是欣赏。由此联想，在好莱坞伊利亚·卡赞导演的一部片子里，影星马龙·白兰度在火车站旁边对他的女朋友诉说内心的秘密，适逢列车鸣笛而过，观众只听见尖锐刺耳的噪音，只看见那女孩惊恐的眼神。这个情节很震撼。

无声可以产生无色。海洋深处，深到某个程度，没有光线，依然有鱼，依然鱼吃鱼。有一些鱼全身很黑很黑，自然界前所未见的黑，"打着手电筒找不到的黑"，让别的鱼找不到它，也吃不到它，这叫"保护色"。于是，在西班牙的一位小说家笔下，渔人穿上黑色的潜水装备，去捕那黑色的鱼。黑色可以产生黑色，于是一群人穿上黑色的衣服，夜半深入黑色的森林，去射杀一只猫头鹰。黑，帮助了你，也妨碍了你，帮助了你，也限制了你。读小说的乐趣，就在咀嚼这些情节的滋味，恍然如见芸芸众生忙忙碌碌。智之所及不过是发现了一处黑海洋或黑森林，力之所能不过是捕几条黑鱼或猎一只黑鸟。

黑也可以产生白色。滑雪的场所是一片白色世界，滑雪的人要穿颜色鲜艳的衣服使别人容易识别。有一个性格特别的人偏要白衣白裤，他觉得白衣滑雪可以享受新的刺激。他滑得飞快，顺着地势飞起，可是没有落下来，以后再也没有人看见他。羽化登仙？这个情节有神怪的趣味。

白色也可以产生白色。博物馆向一位画家买画，画家送去一张白纸，他说"我作画不用颜料"。诗人周鼎的名作《一具空空的白》中，舞台上躺着一具尸体，法医和警官来了，查出这个人名叫周鼎。他们找来抬尸的工人，想把这个周鼎抬进殡仪馆，不料无论如何都抬不起来。最后周鼎的小女儿跑来了，拾起一根草绳，在绳的一端结成一个环形，牵引周鼎在舞台上绕圈子。其实从头到尾舞台上都没有周鼎的尸体，没有周鼎的影子，小女孩绕圈子，拖的是"一具空空的白"。不要问后事如何，情节只是故事的一部分，未必一定要圆满自足，但是要使读者兴味盎然，反复玩味。

三

既然读者喜欢情节，有些人写小说就特别爱经营情节，尤其是文学商业化以后，这一类小说叫"情节小说"。批评家认为小说不能过分依赖情节，因为情节为故事服务，故事为主题服务，情节小说舍本逐末、买椟还珠。我现在讨论情节，寻找情节，不免要提情节小说。

当年胡适学成回国，带来了杜威的实验主义。据说有人问他实验主义是什么，他用一个小故事来回答：小偷拜师学艺三年，师父为他举行毕业大考，深更半夜把他送进深宅大院，把他关进一个大衣箱，高喊"有贼"，全家人都惊醒了。师父要看这个小偷如何脱身。这就是实验主义。

小偷如何脱身，并无下文，中国民间倒有一些故事演示"奸夫"如何在"本夫"回家时全身而退。例如，张三一步踏进客厅，看见李四拿着一把菜刀像凶神恶煞一样从内室冲出来，说是自己的妻子不贞，他看见奸夫逃进张三的家里来了。张三一听，这还得了，赶忙帮李四一同搜查，事情就这样掩盖过去了。

当年我受小说写作的训练，老师常常出个难题要我们用"情节"解决。那时我们每天坐公共汽车，乘客很拥挤，摩肩接踵地站在一起，这时候你发现身旁有个人是扒手，正在把手指伸进另一个乘客的口袋，你会怎么做？大家对扒手这一行都有些了解，他作案的时候如果被受害人发觉了，那人怎么骂他、打他，他都认为理所当然，如果第三者见义勇为、多管闲事，那是断人财路、结下仇恨，他要想办法报复，所以这第三只手在做什么，乘客都会视而不见。我不能这样交卷，老师要的是情节。我说我恰好站在扒手旁边，我不去阻拦他的手，而是轻轻地拍他的肩膀，对着他的视线翘起下巴。扒手误以为我是一个便衣警察，便心领神会，缩手下车。我对警察也有些了解，他们对小偷也是得饶人处且饶人，小偷也要吃饭，管得太严，狗急了跳墙，只是不许在他视线之内作案罢了。

所以太年轻不能写小说，笔下缺乏情节，年轻人要多读小说，早明白人情世故。

四

情节从哪儿来？来自人物所受的刺激与反应。请看梅立克的短篇《罗伦艳小姐》，这位小姐热爱舞台，找不到演出机会，是刺激；鼓起勇气向一个叫保罗的人求职，是反应。保罗答应帮忙，但是以她放弃男朋友乔治为条件，是刺激；她扮成一个堕落的老太婆，希望乔治失望退避，是反应。

　　小说需要在有限的几个人中间相互交替发生多次刺激反应，小说家常常使人物的反应忽正忽负，错综变化。罗伦艳小姐本来答应为了舞台放弃爱情，可是当她有机会一举成名时，忽又不顾事业为爱牺牲。那个叫保罗的人对罗伦艳的态度也飘忽不定：一、拒绝帮忙；二、帮忙，但是有条件；三、决心培植她成为名演员；四、赞成她退出舞台。刺激改变心念，心念改变行为，相生相克，故事引人入胜。

　　大纠缠中的"刺激与反应"尖锐而频繁，最微妙的一刹那，罗伦艳接到保罗的名片，她即刻可进入她心向往之的世界了，可是她也必须放弃另一个世界，即美满的婚姻和家庭。前一世界之获得，反而使她感觉空虚，骤觉后一世界之重要！她本来徘徊于两个世界的夹缝当中，可南可北，乔治给了她一点刺激，她立刻不由自主地倾斜过来。

　　刺激与反应，史学家汤因比称之为挑战与回应。他讨论天下兴亡，认为国家民族遭受外来的挑战，可能产生三种情况：不能回应、回应错误、做出正确的回应。他这番话可以帮助我们了解小说情节。看《红楼梦》，林黛玉算是不能回应，晴雯算是回应错误，所以两个人都失败了，但读小说的人并不以成败论英雄。

在《梅立克小说集》里面，我们看见梅立克也写打赌，打赌也是一种刺激反应。他用的情节也很别致，剧团里，两个男演员追求同一个女演员，女演员说了一句赌气的话——谁的演技最好她就嫁给谁，于是两个男子展开竞赛。两人旗鼓相当，互争雄长，梅立克写先表演的人很成功，可是被后来居上者压倒，前者的表演很难，后者的表演更难。小说的文笔当然好，写后者的表演又比写前者的表演写得更好，叙写精彩的表演要有精彩的文章，叙写更精彩的表演要有更精彩的文章。

"越来越难"是小说情节常见的设计，包括严冬越来越冷，荒年越来越饿，登山越来越高，潜水越来越深，某人越来越可爱，某人越来越讨厌——艺术上的讨厌，加了引号的讨厌，你越来越想看的那种讨厌。"越来越难"使人物形象更鲜活，故事更精彩，读者的注意力更集中，小说主题表现得更透彻。"越来越难"，作者以此与自己为难，与小说人物为难，也是与读者为难，难倒读者再满足读者。所以小说比散文难写，小说的艺术价值比散文高。

进一步说，小说的故事像一个口袋，里头装满情节，没有情节，只是故事大纲，不是小说。如果情节失败，故事也跟着失败，小说不会成功。写小说的人珍视情节，寻找情节，创制情节，秘藏情节以为己用。只要稍一松口，他的情节就会在别人的作品里出现。情节像一滴水，四周皆是干燥的海绵。前代的批评家说过，情节只能讨好一般通俗的大众，他们强调小说的意识形态，那些小说也的确情节不足，以致后来新闻媒体选出"十大讨厌的世界名著"，大学传出"死也看不下去"的书目。现在的小说家比前贤重视情节，小说是越来越好看了。

五

梅立克是情节高手，希区柯克也是。这位大导演在电影界声名太大，文名反而不彰。我分析过他的《真假强盗》，姚姮女士译的中文，原载《希区考克诡异小说选》（水牛文库版）。

《真假强盗》其实是"真假贺尔菲"。贺尔菲是一个强盗的名字，但"真假贺尔菲"太陌生，换成普遍名词"强盗"，读者格外关心，如此一来，一眼看不破其中玄虚，思路就被引入歧途。这篇小说的趣味就在读者发觉自己误入歧途中。

读小说都是一面读一面猜。希区柯克开笔先写背景，犹如戏剧拉开大幕先看见舞台。典型的美国西部沙地，"最热，最荒芜，连仙人掌也不生长"。不毛之地如此可怕，只见有个人开着汽车奔驰。这个人想干什么？他恐怕不是什么善类吧。

不容细想，这辆汽车经过大沙漠，来到小镇上的小酒馆，车上的人走下来，喝下一杯冰镇啤酒，这个人是"我"。酒保打开收音机，听到劫匪贺尔菲逃亡，这个人是不是逃犯？

不容细想，此时一个大汉推门而入，形貌近似收音机里描述的贺尔菲，这个人是"他"。是了，是了，"他"就是逃亡的劫匪！"我"、"他"、酒保，现场只有这三个人，但气氛紧张。杯酒之后，"他"忽然掏出手枪，要抢酒保和"我"的钱，"他"果然是贺尔菲！

小说写"我"遵照劫匪的指示，掏出钱包，捏在手中，鼓起的钱包沉重，看来里面装了很多钱。这个"我"怎么带着这么多钱出门？"我"马上就要失去这么多钱，怎么不慌不乱？

这个"我"料事如神，预知"他"会怎么做，手里捏着鼓起的钱包等候机会。机会来了，千钧一发之际，"我"又狠又准，用钱包做武器，攻击"他"的脸，同时扑上去，将其击倒。好极了！看来这人是个警察！

"我"趁着酒保打电话报警的时候离开了酒馆，发动汽车驶向大漠，小说最后一句话："我就是贺尔菲！"是了！是了！从头回想，他是做强盗的人，不是捉强盗的人，只有强盗才如此了解强盗！

读者都是一面读一面猜，这种以动作和情节见长的小说，行文单刀直入，简洁明快，阅读时顺流而下，没有办法停下来思索，眼睁睁撞在最后这一句上："我就是贺尔菲！"小说用第一人称写成，但开头不露"我"字，好像是第三人称。看下去才知道开车经过沙漠地带的人是"我"，看到最后，才知道"我"就是大盗贺尔菲，布局别出心裁。写小说，说故事，不但要讲究"告诉读者什么"，还要讲究"在什么时候告诉读者什么"。

读者为什么一面读一面猜呢？因为小说中的人和事引起他的关心。读小说半途而废，就是因为他不关心了，不猜了。小说的作者和读者如同结伴做智力活动，你的作品若能引起一千人来猜，表示你智敌千人，你的作品若能引起一万人来猜，表示你智敌万人。如果他都猜对了，他会厌倦，如果他都猜错了，他可能不服气，最好是他猜错了，也服了，承认你想的比他想的更好，也就是李广田说的"出乎意料之外，原在情理之中"。

《红楼梦》全书已有结局，贾宝玉逃避责任，遁入空门，抛下那么大一家人口，他们怎么活？红迷、红粉要猜，小说家加入同猜，于是《红楼梦》有许多续书，《红楼新梦》《红楼圆梦》《后红楼梦》《红楼重梦》《续红楼梦》，等等。据说《红楼梦》是续书最多的小说。《水浒传》全书也有结局，但金圣叹硬要把七十回以后的砍掉，快刀腰斩，十分惨烈。读者更难忘情，续书也大量出现，《残水浒》《新水浒》《水浒新传》《水浒后传》《水浒别传》《水浒外传》，续书之多，据说仅次于《红楼梦》。

只要有人猜，小说人物便永远活着。

六

尉天骢教授写过一些很好的短篇小说，由台北的《联合文学》发表，我们谈论情节，不该忘了他写的《被杀者》。这篇小说写某一山地发生瘟疫，某一公医前往灭疫救人，同时某一江湖郎中也前往出售假药图利。公医在行医途中被江湖郎中刺杀，伤重死亡。这是故事大纲，其中每一项都需要情节，但尉教授采用了第一人称的写法，以受害的公医为叙事人。小说开始，这位被杀者已快要断气了，以前的情节不需要从头说起，他的职业、任务、家庭状况、凶手行凶的动机都压缩在这短短的时间之内，这种横断面的结构犹如观察树木的年轮，可以知道整棵树成长的经过。

人之将死，眼神涣散，听觉错乱，物象、音波皆被扭曲，加上平时的生活经验（如解剖室内的景象）借幻觉掺进来，使这位受过科学训练的医生见到了一个荒谬的世界：妻子因他受伤而急得团团转，在他看来是跳舞；朋友因协助侦查而语声亢急，在他听来是唱歌。他听见解剖室里的尸体叫他的名字，他看见凶手鼻头的那颗黑痣在扩大，扩大，回旋不已。他甚至看见凶手得到了妻子的信任，预料这个恶人将要进入他的家庭，代替他的位置。他几次昏迷，几次苏醒，想留下遗言，但始终不能出声。情节不完整，读者需以自己的想象力补充，好像是由作者和读者协力共构。

弥留之际，现场来了许多人，这位垂死的医生看见了妻子、警察。许多村人来看热闹，小贩也趁机来做生意。他也看见了凶手（侦探小说告诉我们，凶嫌逃走后常常又回到他犯罪的地方），警察不但没有怀疑，反而依赖他提供的线索办案。小说显示，虽然医生是为救这些人而死，但这些人并不关心谁是真凶，真凶势将逍遥法外，而死者连最后的一点点临终关怀也得不到。

这篇小说的情节奇特，表现了人生痛苦的一面。好人遭恶报，恶人得好报，都是人生的痛苦。作家对人生痛苦的感受，有及有不及，所及又有深有浅。伤春悲秋，不但俗滥，而且肤浅。把"兰亭已矣，梓泽丘墟"仅仅看成"胜地不常，盛筵难再"，未免避重就轻。说人生恨事是"西瓜多子，海棠无香"，名士故作诙谐而已。《被杀者》只有五千多字，表现了人生深层的痛苦，情节的功用大矣哉，并不仅仅是媚俗。

由《被杀者》想起美国小说家海明威的《杀人者》。海明威重视情节，他的《老人与海》写老渔夫钓到一条大鱼，鱼拖着渔船在海上奔逃，直到力尽而死。这么一个题材他也能写出许多情节来。

《杀人者》写两名杀手走进一家小饭馆，他们打算杀死一个叫安德烈的人。那人每天到这家小店里来吃晚饭，他们算准了时间，可是这天晚上安德烈没来。小说情节靠对话推动，人物于对话中产生刺激反应，读者在对话中看出每个人的性格、教养、企图。

杀人是关天大事，可是这两个杀手以玩世不恭的口吻控制了饭馆。饭馆里的服务员和厨子也都处之淡然，店内完全没有恐怖的气氛，可见这等事司空见惯。杀手走后，饭店的服务员连夜通知安德烈，那个他们要杀的人。此人是个拳击手，他居然没有任何应变的表示，简直可以用自暴自弃来形容，亦可见此地无法无天，受害人没有受庇护的空间。

海明威喜欢向低度开发的地区取材，那里不是一个文明社会，教育和法律的支配力很小，暴力弥漫，人命如草芥。人在那样的环境里照样可以生存，既然不能改变别人，那就改变自己。杀人可以成为常业，被杀可以成为宿命，你不赞成吗？海明威也不赞成，他通过情节"表现"了那个社会，用"表现"批判了那个社会。你可以用各种方式批判它，但只有通过故事情节才是小说。

七

《块肉余生录》是英国大作家狄更斯的变形自述,你如果先读狄更斯的传记,再读《块肉余生录》,会觉得二者形影不离。

狄更斯 1812 年出生,他七岁的时候,工厂里已有了蒸汽机;他十八岁那年,世界上早已有了火车,初期的资本主义形成了。工厂里有了悲惨的童工,十几岁的狄更斯到一家制造皮鞋油的工厂里做学徒。《块肉余生录》的主角大卫·科波菲尔也在少年时期受过辛苦工作的折磨。

狄更斯家好不容易有了一点钱,赶紧把孩子送进学校。那时英国的私立小学办得很糟,孩子们在里面不是受教育,是受摧残,而大卫·科波菲尔也在这种学校里吃尽苦头。家里的钱用完了,狄更斯失学了,一个律师雇他做书记。他学会了速记,到高等法院去做记录,又做了采访议会的新闻记者,大卫·科波菲尔不是也仿佛如此吗?

文学上的成就,使狄更斯决心做一个作家。他做下去,成功了,大卫·科波菲尔如此做,也成功了!《块肉余生录》

写到大卫的文名鹊起为止，或者说狄更斯回忆到他苦难的生活结束为止。

拿传记跟小说对照，我们会发现狄更斯怎样在小说中使用情节表现他生命中重要的事实。先说狄更斯的父亲，老狄更斯是个爱面子的人，日常的开支超过收入，负了很多债，最后只好去坐牢。那时候英国的监狱很奇怪，犯人的眷属可以在里面租房子住，于是老狄更斯的太太和儿女都搬了进去，只剩下小狄更斯在外面工作。每逢星期日，他拿这一周的工资买点东西，进监狱与家人团聚。

据说老狄更斯是个"既可爱又危险的人"，他很乐观，会讲好听的故事，时常愉快地招待朋友，对重要的生计永远疏忽大意，永不和厄运抗争，只是天天希望"发生一点什么"。（莫洛亚的《狄更斯评传》这样说。）《块肉余生录》里面有没有这样的人呢？有，他的名字是密考伯先生，他很可爱，每个读者都想在实际生活中结识他。可是，他不是大卫·科波菲尔的父亲，大卫是个遗腹子。狄更斯把这个人物写得很精彩，他和这个人物切割了，完全呈献给读者。

另一个经过伪装变形的人是狄更斯的初恋对象玛丽亚，她的家境比较富裕，门第观念是他们之间的障碍。狄更斯像任何一个开始初恋的少年一样，主观地相信自己有爱情上的权利，而她，那个娇憨活泼的女孩子，又喜欢有英俊的少年来挑逗，直到对方认真摊牌，她才开口说"不！"狄更斯受到很大的打击，心灵刻上了一道很深的伤痕，她在他的生活中虽然消失，在他的生命里却固执地盘踞不去，在他的作品中也势必出现。

《块肉余生录》里给她取的名字叫朵拉，她是大卫的妻，又天真又娇弱，完全不知道怎样理家。大卫嚷着"我饿了"，她的对策是坐在丈夫的膝上弄他的鼻子。丈夫教她怎样买肉，她想了一下，得意洋洋地说："肉店掌柜的知道怎样卖肉，我又何必知道怎样买肉呢！"传记作家相信，朵拉这个人物是狄更斯拿两个模特合成的，一个是当年追求过的玛丽亚，一个是后来结合了的凯瑟琳，这个凯瑟琳在家务上相当无能。

小说比散文难写，读来也比散文热闹。

问天下多少小三子

　　小三子罗心玫是小说家於梨华女士特意塑造的一个人物，是罗家惹人怜爱的小姑娘。於梨华的描写手法一向细腻柔美，轻而易举地写出罗心玫清水绿波一样的童年。一幅一幅敷色明亮的天伦图，使我联想到教会发出来的小卡片。姐妹间亲切的热闹有小小合唱团的韵味，喜怒哀乐的细微流注，又有出山泉水沁人心脾的效果。

　　但是天使的世界中忽然闯入了一个魔鬼。此人是小三子的姑丈，经商致富但心灵粗鄙。对於梨华女士来说，丑陋的人品难写，她仍能节制自己，轻易不用形容词。论长相，这位姑丈有一口天然的白牙，这或者是采用了相书上的说法，太白的牙齿叫"马骨"，其相主淫。偏偏此人和他的妻子性生活难以协调，于是出手猥亵小三子。

　　写"姑丈"这个人物，於女士使出辣手粗笔，从相貌、服饰、谈吐、行事手法、品位等级用力刻画出其下流的人格。这人用尽手段使小三子先做他的玩偶，再做他的情妇，终于成为他的性奴隶。小三子几浮几沉，方生方灭，起惑造业，流转不穷。狂暴的场面不断出现，海啸河决，横扫人间的细致精巧。故事节拍回环往复是於梨华的另一特长，在这里发挥起来游刃有余。

姑丈的猥亵使魔鬼在小三子心中播下种子，使她沮丧，有罪恶感，人格发酵，有反社会的倾向，从家庭成员中分化出来。依美国流行的主张，小三子只要把内心隐藏的东西告诉父母，她就可以摆脱压力，走出阴影，这可能是根据教会"告解"而设想的脉案。但是依照中国传统，这事不能说，说出来只有使事情更坏，家丑必须隐瞒，亲戚关系不能断绝。小三子朝思暮想，几次欲言又止，任凭心中的荒草荆棘茂盛起来。在这方面，於梨华似乎无意中批评了中国传统。

小三子的父母是"在美奋斗成功的华人"，内心、外表仍有他的中国模式。中国家族讲究敦亲睦族、敬长尊老，小三子被迫与姑丈周旋，也不能自外于两个家庭之间的集体酬酢，以致"姑丈"一直能监控他的猎物，小三子纵有决心，难以了脱，而父母过分信任长辈的道德水准，从未起疑。在这方面，於梨华显然有意批评中国传统。

　　於梨华显然也指陈了美式生活的缺失。小三子的父母一度失和，父亲有外遇，母亲经常下班后不回家。若在东方，纵有如此这般的父亲，不至于有如此这般的母亲，两道闸门不至于同时失效。这父母都对孩子异乎寻常的言行不求甚解，无法主动发现问题，料是"尊重孩子的隐私"；等到情势恶化，也不曾奋不顾身地挽救沉沦，料是"尊重孩子的决定"。小三子虽然和二姐的感情甚好，几度想对二姐吐露私衷，却欲言又止，二姐竟不追问，毕竟不似中国式的亲姐热妹。

　　依照於梨华女士的诠释，华裔子女的歧途，似乎是他们从中国传统和美国生活方式中分别取出不适当的一部分来做了最坏的组合。她看得很周全。她用说故事的方式表现出来，这故事就令人沉吟嗟叹，话题连绵。

　　我极重视有关小三子反抗期的描写。在美国，人们称青少年为"teenagers"，吾友王衍丰译为"挺硬级"，他用"挺"和"硬"两个字形容这一段年龄的孩子。"挺硬"能供给阳光水分，使"魔鬼的秧苗"迅速蔓延、苗壮。这时，一直有虫子来咬小三子的心，一直有癌细胞在小三子的灵魂中扩散，内心的不安用破坏外在的秩序来发泄来平衡，对他人的关怀、勉励乃至伤心都麻木不觉。於梨华女士写小三子"多生妄执，习以成性"的"挺硬"和"日暮途穷、倒行逆施"的"挺硬"，显然是经过了长期观察和用心体会的。她描写一枚苹果如何从价值系统中弹跳出来变成病灶，虽然心疼，却不手软。

於梨华长于选择事件。以小三子生命的下坠来说，辍学、逃家、吸毒、堕胎，一一带过，特选"肥胖"予以造像写意。小三子胖到"被拥抱时没有感觉"的程度，当然，这神来之笔也暗示了小三子心灵的麻痹。她天天斜倚在床上看肥皂剧，不停地吃各种零食，憎恨姑丈而又用姑丈寄来的钱。她有"一种纠结难解的狠毒、自咎、愧悔，及不知如何面对家人、面对世界的惶惑"。唯一使她觉得安全的是"四面墙之内的小天地，没人谴责我，没人诱胁我，没人质问我，也没人打破我逐渐抽丝引线建造起来的壳子"。在病态的痴肥中，小三子那逃避现实、自暴自弃式的生存，读来真生动也真恐怖。

"肥胖"这一形象绝非信手拈来。首先，肥胖意味着重量，重量意味着下沉。其次，肥胖意味着纵深，纵深意味着即使拥抱她，要贴近她的心也难。再次，肥胖是减肥失败的后果，而减肥关乎改变习惯、行使意志，小三子不能改变习惯、行使意志，即不能自救。最后，病态的痴肥当然是一种丑，即使她已面目全非，那姑丈仍然强迫她提供各式各样的性游戏，这固然揭露了那男人的兽欲境界、变态心理，也实在写出了小三子的悲哀。

朣肿不堪的小三子倚在床上嚼着零食和世界对抗，她驱逐母亲，驱逐姐姐，驱逐爱人，驱逐朋友，她拒绝一切，但不能拒绝姑丈上床。她在床上杀死了姑丈。杀人是重罪，势将在牢房中误尽年华，那四墙之内的小天地果然再也没有诱胁，再也没有质问，再也没有谴责，尽可容她抽丝引线、作茧自闭。於女士一路写来，水到渠成，小三子必须杀人，只有杀人。

《小三子，回家吧！》（即《一个天使的沉沦》）在台北的《中华日报》和纽约的《世界日报》同步连载的时候，纽约的报纸上先后出现了这样的报道：

（一）在新竹，十六岁的龚姓少女，用西瓜和乱棒杀死了她的叔父。

（二）在宾州，十七岁的少女杰佛里用步枪杀死了她的父母。

（三）在美国有一百三十万少年离家出走，他们长期流浪在外，沦为娼妓或加入帮派，每年有五千人死在街头。

这些报道恰好为於梨华的小说做注，可以看出"小三子"这个人物有其来历。从这个角度看，《小三子，回家吧！》写出为人父母的最大恐惧。古代的华封人祝福帝尧"多福多寿多男子"，尧向他们表示"多子则多累"。古人所谓多累不过是"食指浩繁"和"三年然后免于父母之怀"，现代人知识多，思虑也多，"多累"包括残障畸形、弱智低能以及帮派、吸毒、徒刑、艾滋病等，生育之中藏有种种不测。

现下流行的意见说儿童的受害经验会在他长大后成为犯罪的原因，换言之，这一代人犯罪由上一代人负责。层出不穷的研究报告指出，一个抢劫犯之所以成为抢劫犯，是因为他的父亲遗弃了他的母亲，他的母亲又遗弃了他。一个杀人犯之所以成为杀人犯，是因为他在母腹中"听见"父母商量堕胎，种下杀机。

《小三子，回家吧！》大体上是参照这种学说架构而成的，不过对"犯罪有理"也做了批判。痛定思痛的小三子有如下的反省："扪心自问，对自己以前把所有的错都推在别人身上，自己是环境、人事的牺牲者的逃脱自解很觉可笑。在恶劣的环境中站正了，才有资格站在蓝天白云下的天地中，一点逆境就走入歧途的人才该坐在不见天日的监狱里！"

小说家的批判手法原是用故事情节。国人励志进修，讲求见贤思齐，小三子反抗这种比拟，理由是"我和别人不同"。小说情节显示，她只是和进德修业的青年不同而已，和糟蹋生命的同侪完全一样。在"逆水行舟"时独立，在"顺流而下"时并不独立，在父母面前独立，在朋党面前并不独立，所谓独立岂非是假话一句？这也许是於梨华的批判吧。

在小三子的朋辈中有一个叫马莎的女孩，只因为父母重男轻女，偏爱弟弟，她就有了理由，有了勇气，在高二那年离家出走，和年长二十岁的体育教员同居，怀了孕不肯打胎，那教员是有家室的男人，马莎最后只有带着孩子退出。这到底是脆弱还是刚强？父母偏心和情夫负义，何者值得容忍、易于容忍？在家照顾弟弟或在社会上抚育私生子，哪个轹轹省些？这也许又是於梨华的批判吧。

围绕着小三子，於女士以次要的位置写了真挚的恋爱，写一个青年拯救了自己同时也拯救了他的父母。不论社会多自由，品位的差别是存在的，品位之间是可以比较取舍的。不论个人意识多发达，子女的一丁点儿表现，甚至一句话、一个手势都可以使父母得到救赎，有这种巨大影响力的人应该自重。但是像小三子这样的人，她是从不可思议的脆弱产生不可思议的刚强。为了形容她，我可以改写耶稣的话："如果她的左手要她上进，她就剁下来丢掉；如果她的右眼要她上进，她就挖出来丢掉。"这两种人的对照，大概也是於梨华的批判吧。

我常常纳闷：如果青少年犯罪应该由中老年人负责，那么中老年人之所以造成青少年犯罪，是否该由前代已死的人负责？我们假设，一人在儿时受到父亲虐待，所以他纵火，那父亲之所以虐待儿童，又是因为祖父如何，而祖父又是因为曾祖父如何，这样追本溯源，岂非大家都没有责任？岂非只有亚当、夏娃可以负责？

我常想，根据"犯罪有理"的主张，帝舜应该是个暴君。如果说舜只是传说中的人物，唐宋以降，信而有征，蒋士铨应该杀人，范仲淹应该自杀。人之生也，或与匮乏俱来，或与耻辱俱来，或与危险俱来，教育水准、文化修养、宗教信仰是干什么用的？社会是上一代人造成的，也是下一代要继续改善的。有什么理由必须动摇这些理念呢？

小三子入狱后给父母写了一封长信，把她在姑丈面前的挣扎原原本本地叙述出来，透彻地检讨了心路历程。这封信是小说家於梨华女士散文功力的大展示，是中国白话文学少见的忏悔录，渡小三子离开此岸，到达彼岸。这封信也好比一座桥，连接了她和父母的间隔。

总体来看，这部小说使人想起《创世记》，由"受造"到犯罪，到失乐园，到沉沦，到受苦，到忏悔，到"回家"——回到上帝的天家，绕一个大弯子回到了正面。这轨迹，《易经》的作者知道，《道德经》的作者知道，释迦牟尼知道，摩西（如果《创世记》是他写的）知道。

《小三子，回家吧！》的作者也知道。

通过《创世记》的原型来看，小三子和父母的对抗是人和神争，於梨华把"teens"译为"丁"，这枚"挺硬"的钉子穿囊而出，柔不能克。多少作家在人神对抗中歌颂人的胜利，时至今日，我想"人"是胜利了，尤其是人中的青少年，所奏的凯歌最响。草此文时我看到新闻报道，研究者认为青少年应该睡到上午十点，现在要中小学生一大早六点钟去上学是违反自然。人，人中的青少年还在扩大胜利的战果。

人应该胜利，而且会继续胜利，但是，而今而后，人的胜利可能夹带着魔鬼的胜利。这并非危言耸听，"世事总是向相反的方向发展"。

第三辑

散文

漫谈散文欣赏

一

每一种文体都有它的特征，散文的特征就在这个"散"。这个字应该读上声，松散，不应该读去声，涣散。文有散文，曲有散曲，人有散人，都表示不受组织的严格约束。从前，韵文受韵律约束；现在，小说、戏剧受结构约束，"戴着脚镣跳舞"；散文不必遵守这些约束，散步正可信马由缰。

谈散文，先谈前辈大师鲁迅的《秋夜》。提起这篇经典之作，马上想到开篇的名句："在我的后园，可以看见墙外有两株树，一株是枣树，还有一株也是枣树。"由名句想起多位名家的看法，我在别处也曾经提出个人的解释。现在我得换一个角度，"在我的后园，可以看见墙外有两株树，一株是枣树，还有一株也是枣树"就是散文的"散"，好像有一点心不在焉。"采菊东篱下"怎么会"悠然见南山"？他也是心不在焉，他的诗里也没有平水韵，不顾四声八病。

西洋传来的"结构"，是个步步为营的玩意儿，这两棵枣树既然郑重其事、一马当先，后面应该有很大的用处，可是迅翁并未如此安排。他像画图一样，画了两棵树，摆在那儿任你看。他去画地上的花草、空中的星星，其间好像有留白。你我的眼睛可以离开书本，想起孙鸿写的枣树。小男孩骑在爷爷肩头去摘枣，爷爷想起自己的儿子当年也是这样骑着，忽然撒尿，都尿到爷爷的脖子里去了。有一年闹饥荒，一家人靠吃枣撑过来。有位前辈作家以"废名"为名，他的窗外也有两棵枣树，夜半枕上常听见熟枣坠地的声音，清早开门，满地枣红。满地"枣红"，不是满地"红枣"，白话文也需要如此字斟句酌。想到名记者萧乾访美，一位移民至美国的同乡太太托他带两颗枣核。这位太太照家乡的风景布置后园，有杨柳，有睡莲，有假山，有凉亭，却缺少两棵枣树，她要种枣。海关规定，旅客不能携带树苗，只好带枣核。如此这般，自由联想，想别人写过的，也想自己独有的。这一刻正是读散文的享受。如果讲西洋的结构，两棵树就得让你牵肠挂肚。"结构"像一张大网撒过来，你得服服帖帖地做它的俘虏，没有别的心思意念。

二

说到散文的"散"，可以再读一遍前辈作家徐志摩的《想飞》。那年代，文学思潮主张作家看土地，看草根，看赤脚，独有我们的徐先生，他想像老鹰那样飞，像塔顶上的钟声那样飞，像天使那样飞，低下头来"看地球这弹丸在太空里滚着"，可谓出语惊人。文章结尾，他说看见天上"一架鸟形的机器，忽的机沿一侧，一球光直往下注，硼的一声炸响，——炸碎了我在飞行中的幻想，青天里平添了几堆破碎的浮云"。不幸，凑巧，徐先生坐飞机由南京去北平，飞机在济南附近失事坠毁，可谓"一语成谶"。徐先生这篇散文因之特别出名。

《想飞》开篇写雪夜，天地漆黑，无边的黑色中有一片小小的白，那是某一个大都市的街道，白色中又有一个更小的黑色的轮廓，那是穿制服的巡警。这地方是英国，他强调英国的夜色很深，"这深就比是一个山洞的深，一个往下钻螺旋形的山洞的深"。他虽然说"我要那深，我要那静"，我们的感觉是他极不喜欢这个地方。下面接着出现了中午的海滨，云雀在唱歌。

为了叙说方便，我把整篇《想飞》分成上片下片，以上我称为《想飞》的上片，六百多字然后断然说："飞。'其翼若垂天之云……背负苍天，而莫之夭阏者'……"由《庄子》牵引腾空而起，进入下片，中间没有所谓"桥段"，也就是没有过渡。中学语文课本里的《想飞》把这六百多字删去了，此处断岸千尺，砍掉了也没有伤口，删有删的理由，我现在要谈散文的"散"，不删也有不用删的理由。

下片用一千多字写"飞"，高塔上的钟声在飞，饥饿的老鹰在飞，麻雀在飞，蚊子在飞，燕子在飞，少年时期的徐志摩，"背上的小翅膀骨上就仿佛豁出了一锉锉铁刷似的羽毛，摇起来呼呼响的，只一摆就冲出了书房门，钻入了玳瑁镶边的白云里"。他要"满天飞，风拦不住云挡不住的飞……飞：超脱一切，笼盖一切，扫荡一切，吞吐一切"。文采斐然，才思纵横，淋漓尽致，出神忘我。

这也是没有结构的飞。最后，徐先生受希腊神话的影响，想到人类设计制作的翅膀有缺点，飞行可能失败，但宁可葬身万丈深渊，还是要飞。如果讲究结构，人造翅膀暗藏危机就要提到前面来：想飞，造翅，想早点飞，所以等不到翅膀设计完美；一面"风拦不住云挡不住的飞"，一面随时可能失事。没有出事，终于出事，这叫"悬疑"。悬疑像钓钩一样把你这条鱼吊起来，那叫结构。

散文之"散"，可以散到上片下片自成单元。倘若你写散文，倘若你愿意，再加一个单元也无妨。譬如说，《想飞》还有第三片，空中出现蝴蝶，蝴蝶围绕着杏花，花瓣掉下来落在一个人的脸上。树底下的草地上躺着一个人，这人以为他脸上的花瓣是一只蝴蝶。这个人可以是"我"，第一人称，也可以是"他"，第三人称。

这人本是一个飞人，他累了，躺在地上张开翅膀看鸟。小鸟总是在飞，总是飞不远，兜个小圈子，又回头落下来到泥土里找虫子吃。看白云如眠床，想到外祖母给的新被褥、新枕头，如果躺在上面就不累了。想起儿歌，"不知怎么睡着了"，果真睡着了，不知怎么梦见自己是一只蝴蝶。人为万物之灵，梦中化蝶也是蝶王，率领蝶族向上飞向上飞，再也没有回来。你见过蝴蝶的尸体吗？没见过吧，这就是原因。

三

当代文学缺少风景描写，我这样说，很多人这样说。现在补充几句：诗，点到为止，意在言外，使人忘了它是写景；小说重情节，情节的发展有节奏，风景描写使节奏中断；散文不在乎这些，作家可以进去画山绣水。

这话是针对白话文学而发，若是上溯文言，还得添加一段。桐城派古文大师姚鼐写登泰山观日出，全文四百多字，描写日出仅五十多字："极天云一线异色，须臾成五采。日上，正赤如丹，下有红光，动摇承之，或曰，此东海也。回视日观以西峰，或得日，或否，绛皓驳色，而皆若偻。"（《登泰山记》）文言仿古，求简，花蕾不少，都未盛开。这就使后来的白话文学有隙可乘，后学有后学的艰难——"繁星满天，再放上一颗星"，后学有后学的方便——"登在巨人的肩膀上"。要看风景描写，你得找杨朔、贾平凹、刘白羽、巴金。

刘白羽先生写飞机上看日出，他"面对着弥漫的云天，在一瞬时间内，观察那伟大诞生的景象，看火、热、生命、

104

光明怎样一起来到人间。……这时一切一切都宁静极了……整个宇宙就像刚诞生过婴儿的母亲一样温柔、安静，充满清新、幸福之感"。(《日出》)这样的描写使人想起婴儿诞生，以大海为接生的盆，使人想起"大爆炸"理论，宇宙初造，原是一个巨大的火球。日出之后，天地位焉，百物育焉，生民都能安身立命。所以，文艺作品中的日出比自然界的日出深刻。

巴金老人以三百多字写海上日出："有时太阳走进了云堆中，它的光线却从云里射下来，直射到水面上。这时候要分辨出哪里是水，哪里是天，倒也不容易，因为我就只看见一片灿烂的亮光。有时天边有黑云，而且云片很厚，太阳出来，人眼还看不见。然而太阳在黑云里放射的光芒，透过黑云的重围，替黑云镶了一道发光的金边。后来太阳才慢慢地冲出重围，出现在天空，甚至把黑云也染成了紫色或者红色。这时发亮的不仅是太阳、云和海水，连我自己也成了明亮的了。"(《海上的日出》)

太阳出来的时候，有气象学上的各种条件伴随，云层的厚度、湿度、距离，每天不一样。我们隔着大气看日出，大气层的尘埃、烟雾，每天不一样，因此，我们每天看见的太阳也不一样。还有，作家笔下的日出，并不是天边海上的太阳，那个太阳进入他的内心，经过他思想情感的折射，再由他的笔下流露出来，他写的太阳是他自己的心象。所以，文艺作品中的日出比自然界的日出丰富。

徐志摩先生以数百字写《泰山日出》："东方有的是瑰丽荣华的色彩，东方有的是伟大普照的光明——出现了，到了，在这里了……玫瑰汁、葡萄浆、紫荆液、玛瑙精、霜枫叶——大量的染工，在层累的云底工作……一方的异彩，揭去了满天的睡意，唤醒了四隅的明霞……"这位大文豪写日出和写《想飞》一样，汪洋恣肆，不可规范，只有散文可以容纳乘载，所以散文中的日出比诗歌、小说中的日出磅礴。

林良先生写阿里山的日出：先是灰云转换成紫云，紫云又转换成红云，红云逐渐变成橘色，橘色的云逐渐闪耀着金光。就在这金光闪闪的浮云背后，忽然升起一个熊熊的火球，一下子金光四射。我们等待的太阳终于出来啦！赞叹声此起彼落，大家都被眼前的美景深深感动。

林良眼中、林良笔下，云如海，海成虹，其高度、距离可见全虹，神秘，雄壮……林良是儿童文学作家，他这篇日出是写给孩子们看的，像日光通过水汽分出七彩一样，诉诸儿童的直觉，唯有散文可以这样直接。孩子们的世界很小，装不下大自然的奇幻，他们通过这篇散文进到奇幻的大自然中去，会有一个五色缤纷的梦。

说着说着想起前辈作家李健吾的《雨中登泰山》。他登山原来也是为了看日出，可是老天爷忽然下起雨来，下雨就由他下雨吧，登山还是要继续，这正是写散文的态度。他遇雨写雨："悬崖峻嶒，石缝滴滴答答，泉水和雨水混在一起，顺着斜坡，流进山涧，涓涓的水声变成訇訇的雷鸣。"遇水写水："原来我们遇到另一类型的飞瀑，紧贴桥后，我们不提防，几乎和它撞个正着。水面有两三丈宽，离地不高，发出一泻千里的龙虎声威，打着桥下奇形怪状的石头，口沫喷得老远。"遇石写石："有的石头像莲花瓣；有的像大象头；有的像老人；有的像卧虎；有的错落成桥；有的兀立如柱；有的侧身探海；有的怒目相向；有的什么也不像，黑糊糊的，一动不动，堵住你的去路。年月久，传说多，登封台让你想象帝王拜山的盛况。"三千多字随遇而写，写得非常之好。我们并不计较有雨还是有太阳，只要有风景就好。鲁迅先生的《秋夜》写星夜，朱自清先生的《荷塘月色》写月夜，《桨声灯影里的秦淮河》写灯夜，都是风景，都好。这是我们读散文的心态。

泰山是已经开发了的观光胜地，雨下得大了，沿途有地方避雨，雨停了再上路。路上有安全感，他才可以欣赏风景。山立体，表面布满岩石洞穴，形成无数条弯弯曲曲的水路，线条很美，大雨倾盆，万壑争流，整座山像一团极大的焰火，悬在太空之中。他从中穿过，这个经验就难得了。人尽其才（才华），景尽其材（题材），这篇文章就好看了。

李健吾先生曾经把很多法国戏剧译成中文，他把那些台词都译成道地的中国话，没有一点牛奶面包的气味，我读后受益匪浅。现在还有人在家里读剧本吗？当年剧本是可以阅读的，读过剧本的人比看过戏的人多。李先生的剧本可以公演，有些人写剧本根本就是给人读的，叫作书斋剧。我一直以为他是戏剧家，有一年我想买他的剧集，买不到，市场上只有他一本散文集，我才知道他的散文写得好，怪不得事过境迁之后以散文传世。

四

依前辈作家的主张，散文里头是没有事件的。什么是"事件"？下定义难，举例容易，再读一遍林良的《阿里山上看日出》吧，在他笔下，全是写景。如果他继续写，有一个孩子看了这个七彩世界，忽然想跳下去。他们并不是站在悬崖上，并没有一个垂直的高空可以供他失足成恨，他还是平平安安地回家了。他从此喜欢绘画。长大了，不画画儿了，他去信教，他觉得信教就是跳下去了。我们替他延长的这一段，就是事件。

再读一遍李健吾先生的《雨中登泰山》吧，通篇写景，"人"除了发现景物以外，不做别的，没有产生事件。如果写到后来，有人遇雨受凉，得了重感冒，那人的两个儿子上山探视。那年代，泰山还没有缆车，一个主张雇人背着父亲下山，一个主张重金请医生上山，两个儿子起了争执，这就有了事件。

这么说，朱自清的《春》没有事件，《背影》有事件。

且看这篇散文："我在上海遇到过卖花人。晚上十点商业广场外初春微寒的空气里，卖花的追着行人不依不饶。一对情侣走过去。腼腆的男生受不住纠缠，就勉强买了一枝无精打采的红玫瑰。……谁知道女孩嫌弃地顺手丢在了路边，'这么脏，买了做什么？'男孩尴尬地笑着，双手不知道往哪里放。"这是事件。"有一年冬天在南京的秦淮河边也遇到过卖花人。是个少女。跑来跟我的朋友说：'姐姐送你一枝花。'我们当时都很惊讶，朋友笑着收下来，道了谢。少女马上调皮地冲我说：'哥哥付钱，十块一枝。'"这也是事件。

且看林海音女士的《窃读记》：在某一段时间，某一些地方，孩子们想读某些书，没有钱购买，到书店里去冒充顾客，从书架上取下书来"试读"。这件事很多人做过，也有很多人写过，直到《窃读记》才给这个行为取了个名字。

现在的书店，店里陈列很多书架，书放在书架上，想买书的人可以在书架前面走来走去，自由挑选，最后你一本书也没买，没人管你，这才有"窃读"的可能。

这样的书店叫"开架式"。开架式出现以前，书店另是一副模样，进门是个大柜台，像长城一样挡住你，长城里面是书架，可望而不可即。好在柜台里面坐着一位服务员，你得告诉他书的名字，作者是谁，他到里面的书架上找出来，一手交钱，一手交货。那年代，窃读固然不可能，买书也不容易。

我第一次听说"开架式"，中国正值抗日战争。有客自重庆来，谈到新华书店，他说这家书店一开始就采用开架式，不论男女老幼，你大摇大摆地走进去，你想翻哪一本就翻哪一本，想读哪一本就读哪一本，没有人跟在后面问你要买不要买。他说就算你既不翻也不读，只在书架前面走走，你知道又出版了这么多新书，你发觉同一个问题有这么多同类的著述，你警觉后浪、前浪已经消失了一些旧书。你忽然开了眼界，长了学问。

人到台湾，我才第一次享受"开架式"的方便，也做过"窃读者"。这些年，我也读过不少同代人写的窃读经验，三言两语，匆匆带过，没有给时代留下逼真的记录，也没能表现自己成长的一个过程。别人没做的，难得《窃读记》一文做到了！窃读的环境、心情、技巧、挫折，一笔一笔勾画出来，使窃读成为事件。如此这般，作家借"窃读"之艰难对照我们今日阅读之便利，暗示我们应该勤学好读。

五

我们来模仿《窃读记》另写一篇文章。她写偷偷地看书，我们来写偷偷地看戏。

先说环境：某一个乡镇，本来没有戏院，后来渐渐繁荣了，商家投资兴建戏院。戏院并不是天天演戏，也有歌舞，也玩魔术，也演讲开会，也唱京戏（又叫平剧），唱京戏的时候最轰动。看戏时要买票入场，小朋友没有钱，也想办法"偷看"。

再说心情，小朋友喜欢做梦，戏剧是他们的白日梦。当年那些真真假假的英雄人物——杨家将、岳家军、赵子龙、十二郎，耳闻已久，戏剧使他们亲眼看见，与之为伍。小朋友忽然觉得自己长大了，也有自己的世界了！这个吸引力没法抵抗。

没有票，怎么通过"收票口"那一关？怎么能进场？这就说到技巧。小戏院节省开销，员工很少，只能在开演前一个小时派一个人收票，一大群观众在门外等候很久了！这时一拥而入，密密麻麻的长腿夹带着孩子，收票的人只有马马虎虎。

戏院的大门关上了，从里面闩好了，有些孩子没能进去，也还有别的机会。听京戏有个习惯叫捧角儿，我只听某一个演员主演的那一出戏，我在他快要出场表演的时候才进场，我看完了他的这出戏就回家，别人演的戏我一律不看。可想而知，这位看戏的大爷是本乡本镇的重要人物，戏院管事的要准时伺候。他来了，他走了，只要门开一缝，孩子就有办法挤进去。

也还有别的机会，例如警察要进场维持秩序，其实他也是来看戏的，有些警察脾气挺好，对你公然包庇。

最后谈到挫折。小朋友无票入场，里面没有他的座位，即使后排有空位他也不能坐，因为小戏院的地面是平的，五尺之童坐下去，前面丈二金刚挡着，看不见舞台。你只能站在通道上，或者扒在舞台前沿，目标十分明显。台上紧锣密鼓，你正出神忘我，突然一只大手抓住你的臂膀，像拎小鸡一样拖着你走。武松还没过景阳冈呢，我怎么可以走！杨六郎正要斩杨宗保呢，我怎么可以走！人家可是不容分说地把你推出门外。

有救吗？有救，这就要说到一个人物，他在戏院里管事

113

儿，懂戏，碰上哪出戏缺一个配角，他能上去凑个数。他天生上唇有个缺口，露出门牙。书本上说这叫兔唇，民间俗称豁嘴，戏班子里的人管他叫豁爷。他在台上戴着长长的胡子，扮相倒也不差，可惜台词有一句"呀呀呸！"最后这个"呸"字没有声音，只见一缕胡子飞起来，台下观众大乐，鼓掌叫好。他若碰上小朋友遭人驱逐出境的场面，总是走过来阻止："别这样，让他们看戏，让他们看戏！"他这句话很管用。

听说有人批评豁爷，认为他坏了戏院的规矩。听说豁爷告诉戏院的老板和戏班子的班主："你现在让孩子看京戏，将来才会有人看京戏。"他的意思是戏剧靠观众支持，观众要从小培养。豁爷这一句话，使"偷看戏"有一写的价值。三十年后我在台北听戏，满座尽是白头，有人不禁忧虑，这辈人谢世以后，京剧演给谁看呢？于是有心有力的人出面专为儿童演戏，让儿童免费看戏，要观众后继有人，京剧才能香火绵延。那时想起豁爷，佩服他见解高明。

你看，都是散文，里头没有事件，好比北京的清粥，很爽口，有了事件，好比广东的白果薏米粥、皮蛋瘦肉粥，多了些咬嚼。

六

散文中有事件，那事件是个"腹中物"，是个配件。后来这个配件发育、成长，整篇散文写一个事件，事件成了主体，脱离母体，成为新一代的散文。我在台北首先这么实验，那些有才气的同文发现这是传统藩篱的一个缺口，鱼贯而出。这样写，你得把"事件"拉长放大，既然拉长，你就得维持饱满的张力，吸住读者，这就借用了小说的技巧。既然事件成了主体，其中必然有一些作品，散文的记叙、描写、议论都为发展事件而服务，以致散文和小说两种文体混淆难分。

这一趋势引起评论家的注意，诗人林央敏为之立名，称为"散文的出位"；佛光大学的林明昌教授写了一篇《出位的探险》，他举的例子就是我的一篇《兴亡》。山边的一个小村庄里家家养鸡，有一户人家要杀鸡待客，舍不得自己的家禽，从市集里买来一只母鸡。这只鸡进了厨房忽然生了一个蛋，惹得主人怜爱，饶了它一命。谁知这鸡不健康，带来了鸡瘟。整村的鸡一批一批病了，一批一批死了，养鸡人趁着鸡还没病没死，自己动手一批一批杀了。我用冷酷的态度叙写鸡族一步一步灭绝，这些养鸡的人家都说以后再也不养鸡了，我用他们的伤心写出我的伤心。

然后，瘟疫消失了，时间来治疗他们的伤心。空荡荡的草地使他们寂寞，他们又思念有鸡的日子。于是，又有母鸡在草地上"咕咕"唤雏了，又有成群的小鸡喧哗拥挤了，又有雄鸡在风雨如晦的时候大惊小怪了，又有年轻的雄鸡挺胸求偶了，鸡族的爱情、友情、侠情和亲子之情一一重演，可是令人觉得非常新鲜。天地无言，这新一代的鸡族都不知道上一代的集体覆灭。

养鸡是小事，比雕虫还要小，如此拉长放大，郑重其事，最后标题居然是《兴亡》，在散文群中显然"非我族类"。"九歌"出版文学大系，张晓风教授主持散文卷，把我的《红头绳儿》选入散文，齐邦媛教授主持小说卷，把《红头绳儿》选入小说。编辑部问我写的究竟是什么，我的说法是这是"变体散文"。我说了不算，喻大翔教授称之为"兼类的散文"，此外还有越位、越界、换位、破体等说法。以我阅览所及，张晓风、龙应台、亮轩、苏伟贞、杜十三、庄裕安、简媜，都写得又多又好。据报道，"第七届两岸文教发展论坛"把散文的这种发展列为讨论的重点，并指出此一现象由台湾地区发源。

出位、越位的散文，比起清可见底的散文、春水微皱的散文，增加了我们欣赏散文的乐趣。我们读者对一切未知的变数充满了期待，作家冒险开拓，读者坐享其成。

散文七宗

　　杨牧教授把中国近代散文归为七类，每一类都有一个创始立型的人，这七位前贤是：周作人（小品）、夏丏尊（记述）、许地山（寓言）、徐志摩（抒情）、林语堂（议论）、胡适（说理）、鲁迅（杂文）。他为此编了一部《中国近代散文选》。

　　我一向劝人欣赏文学作品由选集入手，选集用一本书展现众家之长，他们每个人都不一样，读者可以培养广泛的兴趣，然后可从众家中选出自己特别喜欢的一家两家，进一步去读他们的专集。如今谈散文欣赏，我们可以浏览上述七家。

夏丏尊

　　对于夏丏尊先生我印象深刻，看到他的名字，就想到

《文心》和《爱的教育》对我的影响。他家境清寒，三次辍学，终身没有一张文凭，二十一岁就就业赚钱，我青少年时期的坎坷和他近似。杨牧教授说，中国近代散文中的"记述"一脉由夏氏承先启后，各种选集都收了他的《白马湖之冬》。

白马湖在浙江上虞境内，群山环抱，湖边有一个春晖中学，夏先生来这所中学教书，在湖边建屋安家，与学校隔湖相望。山地人烟稀少，湖边风大，新屋简陋，缺乏防寒保暖的条件，这个白马湖之冬很严酷。在白马湖，冬的主角是风，夏先生这篇文章的主旋律也是风。风，他用"尖削"来形容，风声中，松涛、霜月、饥鼠都来助长风势，"泥地看去惨白如水门汀，山色冻得紫而黯，湖波泛深蓝色"。夏先生记述这风怎样影响了他家的生活，他本人呢，深夜对着炉火，感到萧瑟的诗趣！这境界，使人想起"孤舟蓑笠翁，独钓寒江雪"。

夏先生记述他同时代的几个人物，写丰子恺、写弘一大师，也都文以人传、人以文传。说到散文的"散"，他写的《鲁迅翁杂忆》可以做代表。他曾和迅翁在一所学校里共事，那时迅翁还没有用"鲁迅"做笔名。他说他俩服务的那所学校聘请了一些日本人做教员，需要有人把日文的教材译成中文。他写迅翁翻译教材的时候，用"也"代表女阴，用"了"代表男阳，用"糸"代表精子。他写迅翁对他说过，当年学医，曾经解剖年轻女子和儿童的尸体，心中不忍。这时的周树人先生还没有"横眉冷对千夫指"，令人乐于亲近，这不失为一条珍贵的史料。夏先生又写迅翁只有一件廉价的长衫，由端阳穿到重阳，又写睡前必定吸烟吃糕，显出散文之所以为"散"。

现在网络文学有一个现象，叫作"碎片化"，散文之"散"就是碎片化。夏先生写迅翁，掇拾了迅翁一生中的几个碎片，他这篇《鲁迅翁杂忆》，又是近代文学史中的一枚碎片。

"碎片化"本是贬义词，但碎片容易吞咽消化，大块文章一旦破裂粉碎，那能够成为碎片留下来的必定很有滋味。碎片有所短也有所长。夏先生在另一篇散文里面说弘一大师是他的"畏友"，私人来往并不密切，内心非常敬重。弘一大师告诉他，明代的蕅益法师本是儒者，写书注《论语》到"颜渊问仁"不能下笔，搁笔学佛。这种碎片令人闻一知十，我就是读《圣经》百思不解而去读佛经的。

周作人

夏丏尊先生的名气并不是很大，没想到把他列为中国近代散文的七位宗师之一，但说到周作人先生，那就是众望所归了。周先生的学问了不起，不知为什么，未曾以皇皇巨著像冯友兰先生那样以哲学名家，或是像顾颉刚先生那样以史学名家的身份受人推崇，而是留在散文这一行，以"小品"受我辈膜拜。学问大的人下笔总是旁征博引，周先生常常引用我们没见过的书，从中找出我们需要的趣味。古人说一天开门七件事，柴米油盐酱醋茶，有人把这句话改成八件事，加上电影，后来又有人把第八件事换成新闻，后来又有人把第八件事换成手机，到了新冠病毒流行，家家消毒预防传染，这第八件事又变成酒精。怎么说都可以，只要有趣，这种态度就是欣赏。

周先生对散文提出两大主张：一、美文，二、人的文学。他似乎不喜欢雄辩渊博的论著，所以始终没说清楚，好在有人响应补充，有人以不同的术语引进相似的说法。今天我们可以印证，"美文"指形式，"人的文学"指内容。美文之美不是美丽，是美学，人的文学不是人欲，是人性。古人说，读了《出师表》不流泪的不是忠臣，读了《陈情表》不流泪的不是孝子。为什么会流泪呢？因为它发自人性，触动人性。天下教忠教孝的文章多矣，为什么要拿这两个表说事儿呢？因为这两个表达到了美学上的要求，是艺术品。长话短说，可供欣赏的散文，内容见性情，形式有美感。

放下理论读作品，周先生写《水里的东西》，谈到溺死鬼，淹死的人的鬼魂一直留在他淹死的地方，不能离开，要想转世投胎，得先"讨替代"，拉一个人下水淹死，让那个人的鬼魂代替他。溺死鬼常用的办法是幻化为一种物件浮在水面，引诱人弯下腰捞取，他在水中趁势一拉。他常常变成一种儿童玩具，让小孩子上当短命，所以水乡传说中的溺死鬼往往是一群儿童，三五成群，一被惊动就跳下水去，犹如一群青蛙。

博学的周作人先生除了写乡野传说，还写到日本的河童，文字干净明亮，行文舒展自如，风格庄重闲适，这些都属于"形式美"。至于内容，孟子说"恻隐之心，人皆有之"，周先生对河边同一地点不断有人淹死，笔端没有温度，为什么也大受欢迎呢？我有一个解释：溺死鬼找替身云云根本是无稽之谈，难怪他写得既不恐怖，也不悲惨，"本来无一物"嘛！倘若慨叹生民多艰，未免太认真了。周先生谈溺死鬼，有破除迷信的作用，应该高举为无神论的上乘文学。无神论者不要禁止谈鬼神，要任凭周作人这样的作家去谈鬼神，使人感觉并没有鬼神。

林语堂

都说周作人先生喜欢在小品文中引用许多名著、名言、名人逸事，其实林语堂先生也是。两位前贤读书多，记忆力又强，一旦提笔为文，天上地下冒出来一群灵魂自动帮忙。"读书破万卷，下笔如有神"，或许可以如此解释。王勃作《滕王阁序》，句句是典，当众一挥而就，读者觉得不是进了滕王阁，好像进了图书馆，这也是一道风景。

谈散文欣赏，我们不用强调林氏的渊博，应该首先推荐他的幽默。众所周知，他是中国幽默的发起人。论幽默，他有理论："幽默家沉浸于突然触发的常识或智机，它们以闪电般的速度显示我们的观念与现实的矛盾。这样使许多问题变得简单"；"幽默家运用思想和观念，就像高尔夫球或弹子戏的冠军运用他们的球，或牧童冠军运用他们的缰绳一样。他们的手法，有一种因熟练而产生的从容，有着把握和轻快的技巧。……严肃终究不过是努力的标记，而努力又只是不熟练的标志。一个严肃的作者在观念的领域里是呆笨而局促的，正如一个暴发户在社交场中那样呆笨而不自然一样"。（《论幽默感》）

林先生说庄子幽默、孔子幽默。庄子梦见化蝶，不知道是庄周化蝶，还是蝶化庄周；马克·吐温说，他的母亲怀的是双胞胎，临盆生产的时候，其中一个胎儿淹死了，他不知道淹死的是他还是他哥哥。这在马克·吐温是幽默，庄子因此也幽默吗？孔子说"无可无不可"，大庙里两个和尚起了争执，甲僧向方丈告状，方丈说"你说得对"。乙僧也到方丈座前诉苦，方丈也说"你说得对"。丙僧得知情由，向方丈质疑：甲僧、乙僧各执一词，师父应该明辨是非曲直，怎可认为他们都是对的？方丈说"你说得也对"。世人都说方丈幽默，孔子因此也幽默吗？林先生这种广泛的幽默论，可请充类至尽矣。

林先生认为连韩非都幽默。这么说，老子也幽默。他骑青牛出函谷关，守关的官吏一定要他留下著述再走，他就胡拼乱凑了一大堆含义模糊、逻辑牵强的句子，让你奉为至宝，让后人视同秘典。林先生认为陶渊明也幽默，陶公作诗数落他的五个孩子，长子懒惰，次子不肯读书，老三老四是双胞胎，到了十三岁还不识字，最后这个小儿子九岁了，整天只知道找梨子找栗子吃。于是陶公说，既然老天爷这样安排了，我还是喝酒吧！这么说，鲁迅也幽默。他有一首诗写失恋，"我"在女朋友那里接二连三地碰钉子，百思不解，最后，"不知何故兮——由她去罢"。咱们顺水推舟，苏轼的"杀之三，宥之三"也是幽默。台北的报纸曾经报道一个老兵的故事，他小时候就在大清的军营里当兵，清朝灭亡，他的军队编进北洋军，北伐统一，北洋军编入国民党军队，解放战争，他的部队起义，又编入共产党军队。这位军爷的遭遇也很幽默？

读者大众希望幽默大师开口闭口都是警句，别忘了林氏幽默是从英国文学的熏陶中提炼出来的。幽默是一种修养，在平淡中形成，类似中国人说的"春雨润物无声"。这种幽默往往是一种独尝的异味，未必有口同嗜。我们现在常说幽默感，这个"感"字有讲究，你我要有能力发现幽默、享用幽默，"感"是"我"锐敏的回应。

"两山排闼送青来"，我怎么看不到？"于无声处听惊雷"，我怎么听不见？答案是主观的条件不足，幽默也是如此。

徐志摩

接着读下去，见到了徐志摩先生。徐氏的才气，跟周氏、林氏的学识形成对比。他不管古人看见什么，重要的是自己看见什么，不论古人有什么感受，重要的是自己有什么感受。他写翡冷翠，翡冷翠是什么地方？

Florence，也译成"佛罗伦萨"，欧洲文艺复兴的发源地，在艺术、建筑、绘画、音乐、宗教各方面产生许多大师，留下许多古迹，后世更有源源不绝的论述。徐氏的《翡冷翠山居闲话》一千六百字左右，竟只引用了前人一句话。他写康桥，康桥是什么地方？

Cambridge，也译为剑桥，英国最古老的大学城，多少世界名人跟这里有渊源——牛顿、达尔文、拜伦、罗素，徐志摩自己也曾在这里留学。他写康桥，用了五千八百字左右，几乎没有使用引号！他强调的是"啊，我那甜蜜的孤独!"他游天目山，看和尚，游契诃夫的墓园，想生死，所谓墓园只剩一块石碑，他也写了两千八百字左右，不抄书，完全自出胸臆。

徐氏散文的光彩夺目在描写风景。看他有一个什么样子的翡冷翠：

> 阳光正好暖和，决不过暖；风息是温驯的，而且往往因为他是从繁花的山林里吹度过来他带来一股幽远的淡香，连着一息滋润的水气，摩挲着你的颜面，轻绕着你的肩腰。……空气总是明净的，近谷内不生烟，远山上不起霭……（《翡冷翠山居闲话》）

看他有一个什么样子的康桥：

> ……临着一大片望不到头的草原，满开着艳红的罂粟，在青草里亭亭像是万盏的金灯，阳光从褐色云里斜着过来，幻成一种异样的紫色，透明似的不可逼视……（《我所知道的康桥》）

看他有一个什么样子的契诃夫墓园：

　　那时候忽的眼前一亮（那天本是阴沉），夕阳也不知从哪边过来，正照着金顶与红塔，打成一片不可信的辉煌；你们没见过大金顶的不易想象它那回光的力量，平常玻窗上的返光已够你的耀眼，何况偌大一个纯金的圆穹……我看了《西游记》《封神传》渴慕的金光神霞，到这里见着了！更有那秀挺的绯红的高塔也在这俄顷间变成了粲花摇曳的长虹，仿佛脱离了地面，将次凌空飞去。（《契诃夫的墓园》）

这样的风景描写，在周作人、夏丏尊、林语堂诸位大师的文集中是找不到的，许地山先生也没有这样的文笔。到了现代，文评家一再指出，散文和小说中的风景描写越来越少了！

许地山

许地山先生生于台湾，抗日战争发生以前就名满天下。我十岁时，他大概四十岁，语文教科书里选了他的文章。那时，台湾地区和东北都被日军占领，各省若有祖居台湾的和祖居东北的作家都受到文坛特别的重视，我们小读者也对他们特别景仰。许先生常用"落华生"做笔名，"华"是古写的"花"，落花生是小孩子爱吃的东西，"落华生"的意义就丰富了，除了是植物，还是在我们大中华落地生根的一个人。许先生如此命名，可见他对中国语文的敏感，欣赏文学作品的人也该有这种敏感。

散文多半"意念单调，语言直接"，许先生不同，他常常在散文里说故事，有时候甚至就用散文写故事。这样的作品你拿它当小说，略嫌不足，说它是散文，又觉得有余。当年并没有人特别称赞这种写法，后来——我是说60年代、70年代，一些散文作家吸收了小说的技巧，给作品一个新的面貌，修改了散文的定义。这是散文的发展，文评家照例要给新生事物寻找源头，找来找去找到了许地山，于是许先生的排名在朱自清、郁达夫之前，位列七宗之一。

请看许氏的《读〈芝兰与茉莉〉因而想及我底祖母》。

文章开端"我"正研究唐代佛教在西域衰灭的原因，对琐碎的考证觉得厌倦。接着是从邮箱中发现《芝兰与茉莉》，开宗第一句便是"祖母真爱我！""我"因此想起祖母。先发一段议论：他说西洋文学取材多以"我"和"我底女人或男子"为主，属于横的、夫妇的；中华人的取材多以"我"和"我底父母或子女"为主，属于纵的、亲子的。中国作家"叙事直贯，有始有终，源源本本、自自然然地说下来。这'说来话长'底特性——很和拔丝山药一样地甜热而黏——可以在一切作品里找出来"。

议论之后，接着写起"我底祖母"来。那是一个很长的故事，旧日大家庭凭着"七出"的条文，拆散年轻人的婚姻。那个受害的女子回到娘家没有再嫁，戒了烟，吃长斋，原来的丈夫也没有再娶，两人有时还可以秘密见面，由陪嫁的丫头在中间传递消息。后来女子生了重病，死前叮嘱原来的丈夫和陪房的丫头结婚，这个陪房的丫头就是"我底祖母"。全文约八千字，祖母的故事占了六千左右，许老前辈能知能行，果然"源源本本、自自然然地说下来"，"和拔丝山药一样地甜热而黏"。他这个写法可以说是用散文拖着一个故事，当年是散文的别裁。

再看另一篇《万物之母》：战后荒村，炊烟稀少，村里有一个寡妇，看见外面有人经过，就要求那人"对那位总爷说，把我的儿子给回。那穿虎纹衣服、戴虎儿帽的便是我的儿子"。多年前，她的儿子被乱兵杀死了，她因此精神失常。某天夜晚，她到村后的山上找儿子，恍惚中听见儿啼，她循声爬山。太阳出来了，她看见对面山岩上坐着一个穿虎纹皮衣服的孩子，她不顾一切地爬过去，其实那是一只老虎。

这一篇很短，不到两千字，虽然短，却很典型。它并不是"散文里面有一个故事"，而是全文用散文记述一个故事，许先生由此立宗。

鲁迅和胡适

现在应该谈到鲁迅和胡适了，这两位大师名气太大，几乎用不着介绍。读者的程度不同、背景不同、性情不同，各人心里有自己的胡适、自己的鲁迅。"千江有水千江月"，每个月亮不一样，也教人不知道怎样介绍。

提起迅翁，不免首先想到杂文。杂文本是散文的一支，繁殖膨胀，独立门户，谈欣赏最好分开。散文也是"大圈圈里头一个小圈圈，小圈圈里头一个黄圈圈"。

迅翁那些摆满了书架的杂文，是大圈圈里的散文，夹在杂文文集里的薄薄一册《野草》，是黄圈圈里的散文。欣赏迅翁的散文，首先要高举《野草》，讨论《野草》，先抄引其中最短的一篇《墓碣文》：

我梦见自己正和墓碣对立，读着上面的刻辞。那墓碣似是沙石所制，剥落很多，又有苔藓丛生，仅存有限的文句——

……于浩歌狂热之际中寒；于天上看见深渊。于一切眼中看见无所有；于无所希望中得救。……

……有一游魂，化为长蛇，口有毒牙。不以啮人，自啮其身，终以殒颠。……

……离开！……

我绕到碣后，才见孤坟，上无草木，且已颓坏。即从大阙口中，窥见死尸，胸腹俱破，中无心肝。而脸上却绝不显哀乐之状，但蒙蒙如烟然。

我在疑惧中不及回身，然而已看见墓碣阴面的残存的文句——

……抉心自食，欲知本味。创痛酷烈，本味何能知？……

……痛定之后，徐徐食之。然其心已陈旧，本味又何由知？……

……答我。否则，离开！……

我就要离开。而死尸已在坟中坐起，口唇不动，然而说——

"待我成尘时，你将见我的微笑！"

我疾走，不敢反顾，生怕看见他的追随。

迅翁把他内心深处的郁结，幻化成一个梦境，把读者的心神曳入他的梦中。梦是阴暗的，犹不足，出现了坟墓、暗夜、荒野；孤坟凄凉，犹不足，坟墓裂开，出现尸体；尸体可怕，犹不足，尸体裂开，出现心脏，犹不足，尸体居然自己吃自己的心脏。迅翁使用短句，句与句之间跳跃衔接，摇荡读者的灵魂。迅翁使用文言，用他们所谓的"死语言"散布腐败绝望的气氛。这种"幻化"就是艺术化，散文七宗之中，唯有迅翁做得到，也只是《野草》薄薄一本中寥寥几篇，它的欣赏价值超出杂文多多。但丁的《神曲》写地狱，《地藏菩萨本愿经》也写地狱，也许是因为经过了翻译，其艺术性逊迅翁一筹。迅翁有此禀赋，可幸，既有此禀赋又何以不能尽其用，可惜。

至于杂文，那是另一回事。杂文是匕首，是骑兵，写杂文是为了战斗，而胜利是战争的唯一目的，当年信誓旦旦，今日言犹在耳。迅翁被人称为"杂文专家"，运笔如用兵，忽奇忽正，奇多于正，果然百战百胜。战争是有后遗症的，反战人士曾一一列举，我不抄引比附。此事别有天地，一言难尽，万言难尽，有人主张谈散文欣赏与杂文分割，我也赞成。

胡先生的风格，可以用他的《读经平议》来展示。读经，主张中小学的学生读"四书五经"，政界领袖求治心切，认为汉唐盛世的孩子们都读经，因此，教孩子们读经可以出现盛世，似乎言之成理。胡先生写《读经平议》告诉他们并不是这个样子。第一，看标题，他不用驳斥，不用纠谬，不说自己是正论，他用"平议"，心平气和，就事论事。第二，他先引用傅斯年先生反对读经的意见，不贪人之功，不掠人之美，别人说过了，而且说得很好，他让那人先说。第三，他提出自己的反对意见，别人还没有想到，可能只有他想到，他说得更好。最后，文章结尾，他用温和的口吻劝那些"主张让孩子们读经"的人自己先读几处经文，不是回马一枪，而是在起身离座时拍拍肩膀，云淡风轻，然后各自回家，互不相顾。他行文大开大合，汪洋澎湃，欣赏此一风格可参阅他其他的文章，如《不朽——我的宗教》。

这两位老先生都有信念，有主张，有恒心，有文采，两老没说过闲话，人家是三句话不离本行，这两位前贤是句句念兹在兹。人家写小说，编剧本，他俩写散文，直截了当，暮鼓晨钟，甚至没有抒情，没有风景描写，可以算是近代文坛之奇观。两人的作品内容风格大异，鲁迅如凿井，胡适如开河，胡适如讲学，鲁迅如用兵。读鲁迅如临火山口，读胡适如出三峡。那年代，中国读书人的思想不归于胡，即归于鲁，及其末也，双方行动对立对决。

"既生瑜，何生亮！"论文学欣赏，既要生鲁迅，也要生胡适，如天气有晴有雨，四季有夏有冬，行路有舟有车，双手有左有右。

每一本文学史都说，中国近代散文受晚明小品的影响很大，晚明小品"独抒性灵，不拘格套"，使当时的文学革命家如归故乡。乘兴为文，兴尽即止，作品必然趋向小巧，张潮一语道破："文章是案头之山水，山水是地上之文章。"固然盆景也是艺术，然而参天大木呢？宣德香炉也是艺术，然而毛公鼎呢？印章也是艺术，然而泰山石刻呢？曲水流觞也是艺术，然而大江东去呢？晚明小品解放了中国近代散文，也局限了中国近代散文。

散文七宗之中，迅翁和胡博士是超出晚明小品的局限的两个人。

旅游文学

现在旅游文学很热门，据说最早是航空公司想出来的广告文案，没想到发展成文学的一时风尚。《散文》杂志说，他们收到的来稿，记游约占半数。我能看到的几份副刊，也是游记连篇，图文并茂。如果旅行文学起于广告文案，那将是非常成功的经典之作，它不直接为自己宣传，它要带动一种风气，使人闻风景从，为自己制造利益。

文学作品可以鼓动读者去做某一件事情，读了旅游文学你会想旅行。现在旅行动不动跨国或者跨洲，有人（祁国峰）创用了一个名词——"大旅行"，相形之下，李太白五岳看山也只能算是小旅行。大旅行的风气一开，航空公司就会增加很多生意，旅馆、餐厅、土产店、出租汽车，大家有份。旅游文学也就成了热门。

台湾话有个说法叫"走透透"，可以拿来形容旅游文学。

人住在一个地方，好像四面都有隐形的墙壁。诗人顾城的隐喻，拿着旧日的钥匙，敲厚厚的墙壁，说出许多人的隐衷。拿着钥匙找不到门，即使找到了门也打不开锁，因为钥匙是旧的，锁是新的。航空公司给你的那张飞机票是新钥匙，大门敞开，你穿墙而出，不亦快哉。墙外光天化日，耳聪目明，见多识广，故谓之透，如囚得释，如病得健，心满意足，故谓之透透。我想，戒严三十年幽居墙内的人，获得第一批观光许可，最能尝到个中滋味。走啊走，不走不透，越走越透，这个说法真好，早晚要进入语言的大词库，东西南北的人都使用。

有大旅行、小旅行，也有真旅行、假旅行。真旅行的人有福气，他在享受清福。新闻记者，尤其是名记者，足迹遍天下，那是采访，不是旅行。外交官经常换国家，换大洲大洋，那是调差，不是旅行。我也到过不少地方，那叫流亡，不叫旅行。从前美国海军招兵，设计了一张广告："你想免费周游世界吗？"当年几乎全世界各地都有美国的海军基地。理论上，美国水兵坐美国军舰，美国军舰可能去每一个美国基地，那叫服兵役，不是旅行。有人一生"大江东去，长安西去，为功名走遍天涯路"，但是并未尝到旅行的滋味。我也不知道那是什么滋味，我宁愿是一棵树，有了立足之地，永远不必移动。我只是歌颂这个大旅行的时代，祝福那些真正旅行的人。

善哉，由敲墙的时代来到大旅行的时代，由假旅行的时代来到真旅行的时代。有人说"旅行是离开自己活腻了的地方，到人家活腻了的地方去"，这是过甚其词，杂文笔法。大作家龙应台谈到旅行，指出我们日常为人"深深陷在既有的生活规律里，脑子塞满属于他们的牵绊，……相处的每一个小时都是他们努力额外抽出的时间，再甜蜜也是负担"。旅行呢，"脱离了原有环境的框架，突然就出现了一个开阔的空间。这时的朝夕陪伴……不论长短，都是最醇厚的相处、最专心的对待"。（《天长地久：给美君的信》）她的说法中肯。旅行家生机盎然，有好奇心，他到了北极，天地间并非只有冰雪，他也能带回来阳光。热爱生活的人才去旅行，才会真正享受旅行的乐趣。旅行是离开自己热爱的地方，去热爱另一个地方，把自己的感情贯注给人家，也把人家的感情带回来。

说到旅行，势必要赞叹今天的观光事业。看《徐霞客游记》，他吃了很多苦，哪像今天，飞机、邮轮、旅馆，想尽办法让你舒服方便。对许多人而言，机舱、船舱比他家客厅好，旅馆比他的卧室好，餐馆比他家厨房好，很可能同游的人比他的邻居好。一切观光的景点，都站在你的立场增加了许多设计，摆在那里等你；导游都受过专业训练，随行左右，有问必答。为了迎接观光客，整个地区都经过整修，整条街上的人都经过训练。游日月潭，旅行社可以安排你做高山族的酋长，歌声舞影之中一呼百诺；游西安，旅行社可以安排你做一夕帝王，嫔妃娇美，太监伺候你吃满汉全席。千年格言改写，"出门千日好"，回程之日还真有点惘然若失呢。

当然，旅游能够风行全球，必定有多种功用，使世人各取所需。据说旅游可以解除压力，治疗忧郁，抛弃烦恼，增加能量，我想也是真的。人在旅行途中，不断接触陌生：陌生的人、陌生的风景、陌生的食物，还有陌生的语言，加上陌生的举止，这些"陌生"使我们像一个婴儿，婴儿没有烦恼，因为婴儿没有回忆。旅行是心无挂碍，"若无闲事挂心头，便是人间好时节！"好心情，好时节，到好地方，事后写出好文章，这是福气，读游记是分享这一份福气。

记得有一年，英国的公主爱上一位青年军官，皇室不准他们结婚，只好分手，于是公主有了一次"伤心的旅行"。

她到南美，南美的火山她没有和那位军官一同看过；她到北美，北美的大平原她没有和那位军官一同走过；她到印度，印度的食物她没有和那位军官一同吃过，这就从触景伤情中解脱了。旅行途中没有江山，只有风景；没有王侯，只有演员；没有新闻，只有生活；没有国家，只有世界；没有动心忍性，只有陶情怡性，跋山涉水等同依花傍柳。结束旅行，回到英伦，前尘往事都有隔世之感，这就好办了。

这就影响了我们的旅游文学。文学作品来自生活，旅游文学来自旅行。旅行是什么样的生活呢？美食、美景、美人，赏心悦目，称心如意，社会为你作秀。这是旅行的内容，也是旅游文学的内容。你的笔，也就像你的相机，迅速捕捉画面、过眼成幻的一瞬。休怪旅行，今天的大旅行、真旅行，本来就是为了使你忘忧。忧患来自现实，忘忧也只是暂时跟现实切断，这就使旅游文学脱离现实。那也无妨，文学家的那支笔，也能在雾露泡影中发现永恒，也能在唯美中营造境界。无如那两座高峰，我们的旅游文学没有兴趣攀登。百年以来，文学一经贴上标签，戴上帽子，就可能列为异类，判为次等，成为特别席上的来宾，我们的旅游文学作家并不介意是否如此。

也许写小说太伤神了，作家后期的作品大都归于散文，符合养生之道。游记更好，写小说是先锻炼人生，后表现人生，焚膏继晷；写游记是一面享受人生，一面述说人生，延年益寿。写小说如潜水，写游记如划船；写小说如登山，写游记如散步；写小说如高歌，写游记如低吟；写小说如驯虎，写游记如养猫；写小说如爆炒，写游记如蒸煮。如是如是。

　　我对旅行文学略有涉猎，印象最深刻的一位作家已在十年前淡出文坛，不知踪迹。这位旅行家对人迹罕到之处特别钟情，到冰岛观察火山地形，测量地质密度及地心引力变动；到蒙古大沙漠，辨认地下水与各种补给水源；到南极半岛查看冰雪融化的情况；登上非洲第一高峰乞力马扎罗山（那里破晓前气温只有零下二十一摄氏度，空气稀薄，她依然"奋力冲上海拔五千六百八十一米处"看日出照耀山巅那"赤道上的雪"）；到西伯利亚游贝加尔湖，贝加尔湖就是历史上苏武牧羊的"北海"。这样的旅行简直就是探险。这位探险者是一位女士，航空公司不但一再丢了她的行李，有一次她还险些遇上坠机。她在自己选择的景点上摔断了腿，打上石膏继续完成预定的计划。

这位旅行家的名字叫焦明。她何以能到这些人迹罕至的地方去呢？为了旅行，她参加了一个叫作"地球观察研究所"（Earthwatch Institute）的组织，做义工。这个组织支持很多学者做专业研究，义工可以跟学者的工作团队一同前往。义工要交会费，还要自己负担旅行的费用，但乐此不疲者大有人在。这位与众不同的旅行者不但文笔好，摄影也受过专业训练，对贝加尔湖的湖水、石头、野花、鲜菌、草莓有生动美丽的描写，对着山岳绝境拍成的照片险怪诡奇，有吸引人的魅力。这样的旅游文学可算是中文世界的奇珍异卉。可惜，她始终没有在大众媒体中遇见知音，居然埋没于红尘之中，只留下一本《大步走天下》。吴丽琼女士曾为文介绍，撷其精华。

移民文学

20世纪，因为政治和经济上的种种原因，人类发生许多次大迁移，移民成为一个热词，移民文学也成了一门学问。移民好比一个大漩涡，移民文学的作家本来都是漩涡里面的落叶，他们比别人幸运，能够定，能够静，能够安，能够虑，能够坐下来回忆自己的过去，关心别人的过去，思考共同的未来。

移民文学的范围是什么，怎么界定它？专家学者把这个圈子画得很大，移民作家写的，或者写移民生活的，都包括在内。圈子大一些，研究的面就广一些，格局就大一些，容易成一家之言。也有人说，自从亚当、夏娃失去乐园，人类都是移民；也有人说，美国是个移民国家，美国文学都是移民文学，那样圈子又太大了，漫无边际，很难成一家之言。现在所谓移民，指的是通过移民局到外国安家落户的人。

文学的来源是生活经验，移民改变了生活经验，也改变了文学作品，每一位移民作家都亲身经历过这种改变，面目一新。对千千万万的人来说，移民是大割大舍，什么都丢弃了，文言文的说法，深恩负尽，死生师友。可是，作家流离，文学丢不掉，文学始终留在他的血液里。大难不死，必有文章，既有文章，必有读者。文学就像一棵大树，小说是躯干，散文是枝叶，诗是花朵，出版家栽花，读者赏花。

别说移民是少数、移民作家是少数中的少数了，以北美为例，世界的一个角落，用华文写作的移民结成了五个文学社团，把互相重复的会员剔除了，大概是两百多人。假使每个人每个月写一篇文章，一个月也是两百多篇，即使每个人每三年出一本书，一年也有七八十本。这是一笔很大的文化资产。观察文章的体裁，散文最多，诗歌第二，小说最少。本来文学的体裁还有一项是剧本，这个剧本指的是话剧剧本，话剧剧本可以供人阅读，供人阅读的作品才是文学。话剧没落以后，谈文学的人就不大提到剧本了，电影和电视剧的剧本不是给我们阅读的，它是给演员、导演演出用的，自然而然归到戏剧里面去了。

中国的文学传统里面有一个重要的旋律，借用李陵的说法，"远托异国，昔人所悲"，借用范仲淹的说法，"去国怀乡，忧谗畏讥，满目萧然，感极而悲"。我们早期的移民文学没有脱离这个旋律，移民的生活使人苦闷，使人忧伤，移民是沦落，是一种失败，这样好像比较有深度。移民文学的作者虽然在国外，但他的读者在国内。那时候，出国移民很难，多少人想走走不了。这些国内的读者，从移民文学里面看见那些移民出国的人受苦受难，心里也高兴。文学作品想要受欢迎，有一个秘诀就是满足大众幸灾乐祸的心理。

后来，中国移民的人口结构改变了，有商业移民，他出来投资发财；有生活品质移民，加州的阳光空气好；有学术环境移民，哈佛的电脑和望远镜先进；也有文学移民，他要找新题材，所以去过一种新生活。移民不再是身不由己，而是生活规划。人往高处走，移民是一种提升，这时候，那种垂头丧气、奄奄一息的移民形象出局了，出现了一批强人，能征惯战，也出现了幸运儿，心想事成。这时候，国内读者的口味也改变了，崇拜英雄，喜欢跟成功的人握手。再说，出国也容易了，做个白日梦，自己一步跨出去就能见贤思齐。文学作品要受人欢迎，还有一个秘诀就是引人想入非非。

移民是人生的重大挑战，迎接挑战，生命像火一样燃烧，对生活会有新的认识、新的领悟。如果他是作家，对写作也产生新的热情，移民纵然失败，写作必定成功。今天移民文学的作品那么多，我们读到的又这么少，不知道里面有多少好东西，好比不知道深海里有多少珍珠。有人问，移民文学什么时候出现杜甫？什么时候出现莎士比亚？别忙，文学艺术的成就，当代人不能评定，杜甫、莎士比亚活着的时候也没什么了不起。将来，移民文学中会出现几个小说人物，成为人所共知的典型，会有几个故事，成为中国代代相传的掌故，会有几首诗，成为中国的国风。今天，有这么多移民作家还在写，很好；他们写得很认真，很勤快，更好！当代人能做的，是鼓励他们，帮助他们，保存他们的作品，留给后代的人去选择。

我们用中文写中国移民，写给中国人看。在我们附近，还有一些作家用英文写中国移民，写给美国人看。其中有几位，他们的书有中文译本，他们跟中国社会也有很多牵连，这些人我知道，各位也知道。这方面还有一些作家，他们比较年轻，中国社会既没见过他们的书，也没见过这些人，有人说他们是第二代、第三代移民，有人说他们已经不算是移民，可是他们写中国移民，没有完全脱离中国人的眼睛、中国人的心情。这些人是中国移民文学的另类，希望我们中间的佼佼者有人向他们招手，大家也许不能同声相应，仍然可以同气相求。

我是一个好移民，九十多岁了，生活费、医药费都不需要政府补助，但是我是一个很差劲的移民作家，四十多年了，写移民的生活，只有一本散文。用蚕吐丝比文学创作，我移民的时候五十三岁了，是一只老蚕，要找地方吐丝结茧。蚕到了要吐丝的时候就不吃桑叶了，移民生活没能够成为我的文学营养。对一个作家来说，这是件糟糕的事情。谈移民文学，我这样的人就出列了。

"有移民才有移民文学"，不，有移民"就"有移民文学。移民文学不是让人看见你我，是让人看见一代移民，不是看到移民，是看到制造移民的时代。小中见大，具体中见抽象，雕虫小技，传世大业。

移民产生移民文学，移民也"留下"移民文学。茫茫人海，每一个人都是孤岛，没有同类，只有同行者。通过文学，移民和移民连接，移民和母国连接，移民也和居留地的社会连接。同行的人互相感应，互相碰撞，互相了解，互相竞争，互相帮助，走向那个大完成。有的人，文学是他的信仰；有的人，文学是他的面包；有的人，文学是他家的花盆。济济一堂，我们都在移民文学这个大屋顶之下，用共同的语言喧哗，用互相了解的眼光交换。文学之神来加持我们，我们和古今中外的作家信念相通，满怀雄心壮志。李白、杜甫在哪里，文学的重心就在哪里，李后主、苏东坡在哪里，文学的主流就在哪里。凡行过的必留下痕迹，一千个移民作家，写了五千本书，总会留下五十本。你看，"五四"留下了一点儿，抗日战争留下了一点儿，解放战争留下了一点儿，移民当然也留下一点儿。留下的都是果实，也都是种子。

从我的角度看，华文文学是在重重包围之中。

首先，是语言的包围，也就是文化的包围。我们在英语环境里用中文写作。置身于文化的孤岛，我们中间的佼佼者，有人改用英语写作，即使成功，还是中国作家吗？我们要坚守中文，画地为牢。

其次，是空间的包围。用中文写成的作品，应该送到中文的世界里去，那地方在半个地球之外，我们隔那里太远，中间有一个辽阔的无人地带。失去地利就失去人和，失去编者，失去读者，或者读者失去你。海外移民号称失根的兰花，海外的华文文学成了空谷幽兰。

再次，是意识形态的包围。海外的中国移民有五种立场，左、中、右、独、统。许多许多年以来，中国人认为文学是工具，这是当年最响亮的口号。

"一切艺术都是宣传"，这个观念至今没能跃升。作家多半不能超脱个人立场表现人生，读者多半不能超越生活经验和现实利害欣赏作品；作家用意识形态包围自己，读者又用意识形态包围作家。

还有文学流派的包围。当年写实主义独霸文坛，至今许多作家没能摆脱它的束缚。写实主义给了作家一个高度，也给了作家一个限度。写实主义久已过时，写实主义的创作方法拿到国外来运用也非常困难，这些作家就像蝉或者螃蟹，蜕不掉身上的硬壳，妨碍继续生长。

还有时间的包围。当年谈文学的人喜欢说不朽，今天是一个速朽的时代，作品的寿命短促。这个现象是大众传播造成的。大众传播工具在理论上号称一次性立即送达所有的受众。作品的流通快，磨损也快。古人说"管领风骚五百年"，今天的作家只能"管领风骚五十天"。你的文章发表以后，立刻有人贴在网页上，你的警句立即被无数人占有，你的见解立即被无数人重复，五十天后，一切变成陈腔滥调。我们都有速朽的焦虑，这也是一种包围。

今天，在外国用中文写文章，渐渐成为个人的癖好，就像好酒好赌、票友唱戏、到北极照相一样。你有这个瘾，你为它花钱，千金散尽不回来，家为它受苦，衣带渐宽终不悔。玩意儿不怎么样，自我感觉却良好，躲进小楼成一统。这是本能的反应：陷入重围后向内收缩。

有学问的人说过，无论多么坚固的堡垒，都不能永远守住，特洛伊也只守了十年。有人说，文学死了。死？死了倒好，一了百了，可是没那么容易，堡垒陷落，你死不了，你得去做俘虏、做奴隶。文学成了电视剧的台词、资本家的广告、政客的口号、脱口秀的段子，没有个性，没有自尊，仰人鼻息，苟延残喘。

所以，文学要突围。怎么突围？我不知道有学问的人怎么说，如果问我，我见过两种突围的方法，有心人可以参考。

一种是陆军突围，也就是步兵突围，他们是集中兵力，一点突破。莫言好像用的是这个方法。轮回、人工流产、残酷的刑罚，都是前人写过的题材，到了莫言手里才被写尽了、写透了，好像前人都没写过，好像前人写过的都不算，好像后人也很难再写这个题材一样。这是量的增加，面的扩充，他很成功。

还有一种是空军突围，也就是战斗机突围。空战的时候，驾驶员一看情势不妙，他的办法是爬高，用高度来摆脱敌人。海明威好像使用了这个方法。有一段时间，他的写作由高峰跌到低谷，一连十年，文坛认为他不行了，江郎才尽了。就在此时，他拿出《老人与海》。这篇小说并不长，他不求广度，他求高度，他把这个老渔夫出海捕鱼的故事处理成高级象征，各民族都把它当作自己的寓言。他超过了自己以往的成就，突破了包围，他也成功了。

这是我们知道的方法，试试吧！一定还有我们不知道的方法，想想吧！我们的佼佼者、文坛有影响力的人，谱一首进行曲吧，吹起号角来合唱：起来，不愿被包围的作家！

有书如歌

一

《有一首歌》。有一首什么样的歌？诗人、画家席慕蓉女士说，她当初（推算起来，大约是 1947 年）在南京初入小学，"我什么都不会，什么也不懂，却学会了一首老师教的歌"。这首歌的歌词是：

一二三四五六七，

我的朋友在哪里？

在上海，在南京，

我的朋友在这里。

后来（应是 60 年代了？）在新竹，她的女儿读幼儿园了。有一天，这个三岁多的小天使从幼儿园里带回来一支新歌要唱给母亲听。这可爱的女孩用那稚嫩的童音唱出来的是：

一二三四五六七，

我的朋友在哪里？

在台北，在新竹，

我的朋友在这里。

席慕蓉写道："刹那之间，几十年来家国的忧患，所有的流浪、所有的辛酸都从我心中翻腾而出，我几乎要失声惊呼了"，以致在含糊地应付了女儿的询问之后"一个人站在屋子的中间，发现热泪已流得满脸"。

所谓"作家写出来的，只是冰山的尖顶"，这是一个很好的例子。表面上看，不过是一首儿歌罢了，老师用四句简单的歌词教小朋友温习数字，这首歌由 20 世纪 40 年代传到六七十年代，由南京传到台北，因地制宜地改了几个字。那说不清楚的"四十年来家国"，说不完的"十万里地山河"，却在这一改之间汹涌而出，产生了极大的冲击力。为什么

"我的朋友在上海，在南京"改成了"我的朋友在台北，在新竹"？昔日住在上海、南京的朋友有几人来到台北、新竹？那仍留在上海、南京的是否还是"我"的朋友？而"我"来到台北、新竹之后究竟又交上了多少朋友？老朋友是否有一天能够失而复得？新朋友是否会得而复失？这千种百样，都随着作者的笔势，化成了我们心头的翻腾。

这一场小小的戏剧，是颇知忧患的母亲和三岁多的稚女之间的对话。这位母亲原和我们读者一样，对于马上就要承受的撞击是毫无准备的。她听到了新歌，"几乎要失声惊呼了，转身站起来面对着幼小的女儿"，而那不解人事的小女孩却一味追问"宝贝唱得好不好听？"妈妈失色的表情，小女孩是看不出来的，妈妈回答"宝贝唱得好听"时声音里的呜咽，小女孩是听不出来的。而妈妈独自站在屋子中间"发现"自己流泪，更是一边唱着一边跳到屋外去的小女孩所不能想象、不能了解的。作者十分平易同时也十分生动地写出了经验的传递、情感的共鸣虽是人生迫切的要求，但有时却只能极为苦涩地独自吞咽下去，甚至连吞咽的声音也发不出来。

我想，凡是由"我的朋友在上海，在南京"过渡到"我的朋友在台北，在新竹"的人，总会有几件和《有一首歌》

同类近似的见闻吧。许多年前，我在电视台打工，当时也常常听到"有一首歌"，歌词好像是这样的：

> 我要骑着那小木马，
>
> 骑着小木马走天涯，
>
> 早晨出三峡，
>
> 中午经长沙，
>
> 到了晚上宿金华。

这也是一首儿歌，作词者是为了满足儿童的幻想而构思的。可是越听越不对劲，在台湾生长的小孩子，怎知道长沙和三峡隔多远呢？怎知道金华在哪里呢？而且两岸其时尚未通邮，旅行悬为厉禁，他不能也不该去那些地方漫游的啊。

于是，这首歌的歌词得改。

大约是执笔修改的人认为台湾岛太小，难以发生浪迹天涯的快感，所以修改后的歌词乃是：

> 我要骑着那小木马，
>
> 骑着小木马走天涯，

早晨出海牙，

中午经罗马，

到了晚上住华沙。

　　我当时也几乎为之潸然泪下，"男儿志在四方"，这四方竟只能是异国外洋！修改歌词的人无意而忠实地做了社会心理的一面镜子。多年来，这个材料在我心中酿酒，现在我想可以放弃了，因为席慕蓉把她的《有一首歌》处理得如此之好，同一种题材引起的同一种感受，只要有人先一步成功地表现出来，后一步的人就搁笔了吧。读者的记性有限，文评家的精力有限，夸张一点说，文学史的篇幅也有限，他们只能抓住一个最好的做代表。中国人一向说"文无第一，武无第二"，可是我也引用过巴尔扎克传下来的一句话："在文学的国度里是没有中产阶级的啊。"

二

　　如前引述，席慕蓉女士借《有一首歌》这本散文集抒发"时代感情"，用笔是极其含蓄的。她并不常去触弄诸如此类敏感的、高音的、极其入世的、"男性化"的题材，她把焦点放在家、孩子、院中的树以及树上的鸟、盛开的花、回味无穷的旅行诸般事物上，还有她的画、她的个人趣味，等等，等等。她有一个十分精致也相当宁静的世界。在这个小世界里，她用笔不但正面切入，肌理露现，而且往复萦回，勇于发挥。

大体上说，这本书的作者是一位悟性极高的女作家，她描写了在物质基础具备之后的灵性，在有教养有节制之后的纯朴天真，从而提供了大众化的禅意哲理，几乎描绘出一种生活方式来。作者在《夏天的日记》里有一段话，可以看作是作者的创作旨趣，不啻是一篇变形的序。文中有一段话说：

就好像小时候在玻璃窗前就着光慢慢地描着绣花的图样一般：一张纸在下，一张纸在上，下面的那张是向同学借来的图样，上面的那张是我准备好的白纸，窗户很高，阳光很亮，我抬着双手仰着头，聚精会神一笔一笔地描绘起来，终于把模糊的图样完全誊印到我的白纸上来了。等到把两张纸并排放在桌上来欣赏的时候，觉得我描摹出来的花样，比它原来的底稿还要好看，还要出色。

底下原有的图样，是她的生活，上面一张新画成的图样，是她的画、她的诗、她的散文。作品是作者对人生的解释，她在散文中所表现的是经她解释过了的人生，而她对生活的体认是"知足"，是"充满感激"，是"世间很多安排都自有深意"。这种感悟并不是像标签贴在文章前头，而是一种精神、一种气质，充沛于每一篇文章、每一段文句之中，而是用这种心情重新生活过，再写下来。这样"说到做到"的作品是相当难得的。写下来的生活，自然是更好看、更出色的生活。

周详的论说太占篇幅了，只选一段做个例子吧。作者说当"我"很小的时候，有人给了"我"一块很漂亮的小石头，"我"走出走进都带着，爱不释手。可是有一天傍晚，"我"忽然起了个念头，把石头往身后反抛出去，看能不能再找回来。结果呢，石头落进草丛里，竟再也无影无踪了，只落得无数慌乱与悔恨。

作者说：

这么多年过去了，我也走过不少地方，经历了不少事情，看过不少石头，家里也搜集了不少美丽的或者奇

怪的矿石；但是，没有一颗可以替代、可以让我忘记我在五岁时丢失的那一颗。(《一个春日的下午》)

作者说：

想一想，当年的我若是能在那个傍晚找回那颗石头，在小小的五岁孩童的手中又能保留多久呢？……可是，就是因为那天的我始终没能把它找回来，它因此反而始终不会消失，始终停留在我的心里，变成了我心中最深处的一种模糊的憾恨，而它的形象也因为这一种憾恨的衬托反而变得更为清晰与美丽了。(《一个春日的下午》)

失去了一块普通的漂亮的石头，却"得到"一颗珍贵的"宝石"，失比得更为有福。基于这种领悟，作者进而"以不同的角度"谈到离别。她反复地沉吟：

真有离别吗？

在她看来，没有。因为：

如果在离别之后，一切的记忆反而更形清晰，所以在相聚时被忽略了的细节也都一一想起，并且在心里反复地温习。你所说的每一句话在回溯时都有了一层更深的含意，每一段景物的变化在回首之时也都有了一层更温柔的光泽，那么，离别又有什么不好呢？（《一个春日的下午》）

她反复地申说、反复地问：

离别又有什么不好呢？

既然连"失去"都可以是人生的一种福利，"得到"更是甜美得沁人心脾了。作为诗人和画家的席慕蓉绝未讳言她怎样享受她的生活。她写到了鸟声："我每天都能听到它们那种特别细又特别娇的鸣声，听了就让我想微笑、想再听。"（《榭树下的家》）她写到了晒衣房里挂在竹竿上的衣服："孩子们现在这样幼小，这样可爱，这样单纯地依赖着我们，竹竿上晒着的他们的小衣服，和父母的衣服挂在一起，好像衣服也有着一种特殊的语言。"（《夏天的日记》）她写到了买菜的日子："寻常的市井人生，寻常的熙熙攘攘，手上拿着一斤半斤的青菜。在木瓜、西瓜和荔枝之间挑挑拣拣享受着一个寻常妇人所能得到的种种快乐。"（《星期天的早上》）她，在鸟声中醒来，在花香中、在"何必在意那余年还有几许"的歌声中沉沉睡去。她曾经独自骑着车在迂回的山路上追逐月亮，曾经在暮色里抱着一束百合，无端泪落如雨……

她写得那样迷人，你不能不说，那样活是她的权利。

她写得那样有说服力，你不能不想，如果不能那样活着，也未必有理直气壮的光彩。

三

《有一首歌》是一本畅销书。从大众的角度看，作为文学家的席慕蓉，她的声誉超过了作为画家的席慕蓉。我们很难知道，买这本书的人究竟有多少人是为了书中少数几处欲言又止的家国之思，有多少人是为了满章满卷的甜蜜中带感伤、感伤中带甜蜜的生活滋味。

许多人说，读者所喜欢的是书中那些纯良纤细的生活感受，以及处处闪亮的哲理短句。若是这样，容我指出，这些哲理是作者从自己的直接生活中领悟而来的，并成为生活的指引及注脚，有了这些万点清明，作品就细而不腻、庸而不俗了，读者也就迷而不失、感而不"伤"了。然而，作者写"我的朋友在南京"变成了"我的朋友在台北"的时候，写齐齐哈尔的老太太和她在桃园石门的儿子的时候，写从美国回来探亲的学人怎样跟他在家乡的胞弟每人扛着一根扁担的时候，并未从描述中提炼出抽象的"东西"来，她只是小心地演算而空出了答案。作者也从未企图把她从星空、从茉莉花或是从小石头得来的领悟，向另一个领域推广应用。

我忽然想起50年代盛极一时的"身边琐事"来。那时候，女作家写自己比较狭小的世界、比较闲逸的生活、比较纤细的感受，受到了多少责备！为什么到了现在由席慕蓉女士来写就不同了呢？为什么社会接纳了她的文学并且给了她热烈的掌声呢？这是一个老问题：究竟是歌好还是歌手好？究竟是身边琐事的价值提高了，还是它本来就不凡？

当然是歌手好。我得赶紧说明，三十年后的作品照例都会比三十年前好。不仅如此，我还要强调另一个因素，听歌的人，就是读者，今昔也实在不可同日而语。三十多年以前，写新诗写散文的，大半是由"上海、南京"到"台北、新竹"来的朋友，读新诗读散文的，也大半是由"上海、南京"到"台北、新竹"的朋友。写的人，有自己的遭遇，有自己不吐不快的骨鲠；读的人，要从别人写出来的东西里找自己的影子、自己的寄托。那时候，即使有了席慕蓉，如果她敢写"为了能在某一条长满了相思树的山路上与你缓缓交会，擦身而过，我就必须要在这一天之前活了十几年，然后再在这一刻之后，再活几十年"，必有读者不能终卷，因为那读者心里想的是逃难。如果她敢写"在每一个时刻里都会有一种埋伏，却要等待几十年之后才能够得到答案，要在不经意的回顾里才会恍然，恍然于生命中种种曲折的路途，种种美丽的牵绊"，那时必有作家同文怒目而视，因为那作家心里想到的是紧要关头突然败事的间谍。

而今，台湾的读者真是换尽了旧人，唱着"在台北，在新竹，我的朋友在这里"而长大的人们做了主流。逃难？似乎世界上有那么一回事。间谍？偶尔破案，不过总有人说被捕的人是冤枉的。天外的事看也看不清，顾也顾不了，这身边的事却触手可及，全在各人自求多福。这时候，人的品位、能力不同了，如果你写为了家中院墙边一棵老茉莉开满了一天繁星似的花而沉醉得颠颠倒倒，写你半夜在南横公路上找不到旅社，索性下车看头上繁星之天，写"在这一刹那，什么都还没有发生，什么都还来得及，来得及去说、去想、去生活、去爱与被爱"，就能引起千千万万读者的共鸣。

三十年前，一位作家以一篇小品称赞葡萄酒的美味，受到文评家的讥骂，现在呢，文评家要讥笑你不能分辨陈年葡萄酒和新酿的葡萄酒了。

三十年前，文评家讥讽一位作家，说她只关心丈夫的牙疼，忘记战场上的血肉横飞；现在呢，一个作家，因为全家人都健康愉快，他反而更有资格去发抒四时佳兴。

正如《有一首歌》所说："我所想要过的，就是上苍原来赐给我们的那种生活。"（《黄粱梦里》）称赞葡萄酒和关心牙疼都没有什么不对。我们确实应该如此盼望：有一天，报纸的头条新闻不过是葡萄丰收，酒厂半价，而饮者永不酗酒成瘾的酿制方法发明成功；有一天，社区电台广播重要消息，说席府后院的树上新来了一对小鸟正在造巢，请听本台记者录音播出新鸟的鸣声。此外，新闻中再无今日所谓的"世界大事"。

但是……

这个"但是"的内容原来是包藏在席慕蓉女士的书里。她隐隐透露了自己流离失所的经验。齐齐哈尔的老太太，从美国回来探亲的学人，也都是一座座"冰山"。她曾是察哈尔盟明安旗的贵胄，更有资格述说乡愁。可是这一切，在书中被压缩在一个小小的领域之内。如果这本书是一间屋子，则一切都摆在桌上、挂在墙上，而乡愁等是锁在一个半透明的箱子里，这应该是作者内心自然形成的安排，而这"安顿"的方式和新一代读者大众的心态是符合的。没有人愿意浅薄懵懂、忘记以前的事，没有人愿意孤陋寡闻、不知道正在发生的事，但若是过分强调那些事又未免"徒乱人意"，珍惜现在才是生活的主题。《有一首歌》恰恰反映了众人内心这种微妙的秩序。它格外容易进入人心，或者说十分适宜接纳读者的心。这个际遇，是三十年前的"身边琐事"没有的。看起来一本书能够畅销，除了写得好，还得投缘！

四

《有一首歌》的语言风格有许多特色，最值得提出来的是作者有一种本领，能把一句话说了一遍又说一遍，或把一个词用了一遍又一遍，而每次都包含不同的感情或表示不同的意思。例如《说梦》：

现在来说一说总是可以的吧？譬如我一直想要的那面锦旗。

我一直想要那样的一面锦旗。

鲜绿的，或者鲜蓝的，缀着光辉耀目的流苏，一面从运动场上得来的锦旗。

我一直盼望着那样的一个时刻……

以下，"那样的一面锦旗"，"鲜绿的，或者鲜蓝的"锦旗，"锦旗……遮住了大半个仍在流汗的身子"，"我多想要那样的一面锦旗"，"用我全身气力拼斗得来的锦旗"，"一面光辉耀目的锦旗"，"我曾经多么渴望得到那样的一面锦旗"，在不长的篇幅中，这样的话轮流出现，每出现一次，就增加了一部分"梦"的内容。文气就在回旋之中饱满高涨，充沛于字里行间。

另一个例子：

是啊！我怎么一直没有发觉呢？我怎么一直不能看清楚呢？

我怎么一直都不知道呢？

我一直没能知道，世间所有的事物在最初时原来都并没有分别，造成它们以后的分别的，只是我们自己不同的命运而已。(《一个春日的下午》)

"是啊"以后的四句话可以说是相同的，为了表达迫切之情，也为了强调"世间所有的事物……"这个发现很重要，做了大胆的"重复"，但是，这四句话的长短不同，语气不同（前三句是问话，后一句不是），用词不同（发觉、看清楚、知道），更加上分段不同（前两句合为一段，第三句独立成段，第四句冠于大段文字之首），形成节奏，读者的情感跟着节奏变化，竟毫不觉得重复。

再看一个例子：

"自然"是什么呢？应该就只是一种认真和努力的成长罢了，应该就只是如此而已。然而，这样认真和努力的成长，在这世间，有谁能真正知道？有谁能完全明白？有谁能绝对相信？更有谁？更有谁能从开始到结束仔仔细细地为你一一理清、一一说出、一一记住的呢？(《心灵的对白》)

后面这几句话是不是有些像歌词？不错，这是歌词常用的写法，谓之"反复"（不是重复）。以上所举的三个例子都是用反复法写的，每一次反复，内容增加一些，情感变化一些，谓之"反复回增法"。

许多年前，我在广播电台打工，曾长期向写广播稿的作家推广"反复回增"的技巧。广播稿的命运和歌词有些地方颇相同，都是靠耳朵听，都不容你半途停下来玩索，都不容你倒回去把某一句再看一遍。内容跟着时间走，你必须让主题多占一些时间，来打动、蓄积听者的情感。多占时间的办法是说了再说。"说了再说"容易，要人家听了不嫌重复并不容易，要产生"一唱三叹，绕梁不绝"的效果更是很难。可以说，我对散文中的"反复回增"最敏感，最有兴味，也最希望有人能成功地加以运用。

后来，我发现有些报纸的社论开始使用这种方法了。一般人看社论大概不看第二遍，也很少咬住某一句话咀嚼推敲，通常都是匆匆一过，留下多少印象算多少。这样，社论的处境，有时也和广播稿相同了！社论在读者面前不是固定的空间而是一段流动的时间，为了把主题清楚有力地呈现出来，主题有时就化为简练的几句话，一而再再而三地去而复返、隐而复现了。

后来，我想到咱们大多数人的作品，恐怕也都是供人只看一遍的。红学家研究《红楼梦》，从一句平平常常的话里面找出伏线，从一个平平常常的字上面找出弦外之音，这样的际遇，我们恐怕是没有的，至少是不可预期的。如果关系着题旨的是隐隐约约的一个字，这个字如何发挥它的力量？如果贯串全局的只是开头出现的一句话，这句话到后来教读者如何记得？如果阳关必须三唱始能表现漫天的离情别绪，又怎能在"一唱"之后注明"重叠三次"了事？这"反复回增法"用于正统的散文或小说，也就是意料之中的事了。

《有一首歌》使用"反复回增"已经臻于化境。这里面有不少的变化与实例。说理，因反复而鞭辟入里；叙事，因反复而层次明晰；抒情，因反复而回肠荡气。有几段文字，她甚至写出来满页的回音、和声。她的一支笔既含蓄又浅显，既委婉又迫切，既激动又平易，既一针见血又十面设伏，"反复"到此，可以叹为观止了。

第四辑

戏
剧

漫谈戏剧欣赏

在文学艺术的疆界里面有三个板块，也就是三个部门，一是创作，一是欣赏，还有一个叫批评。创作是演戏，欣赏是看戏，批评是说这出戏好不好。打一个比喻，创作是做菜，欣赏是吃菜，批评是给你四颗星还是五颗星。写文章是为了给人读，做菜是为了给人吃，需要有人做菜，更需要劝人吃菜，告诉大家这道菜为什么好吃。

戏剧欣赏，先介绍戏剧的定义——什么是戏剧。这个定义是有学问的人定下来的，这个人叫汉密尔顿（Clayton Hamilton），是美国戏剧家。他说戏剧是"演员，当着观众，在舞台上表演一段精彩的人生"，这是大家普遍接受的一个定义，我在《文艺与传播》（台北三民书局出版）里面使用过。这个定义指出戏剧里面有几个要素：演员、观众、舞台、表演、人生。

先说人生。人喜欢看人，看别人怎么活，看别人活成什么样子。元宵节他是去看灯吗？他看人。博览会他是去看新产品吗？他看人。大游行他是去看标语口号吗？他看人。大年夜他到时代广场是去看那个灯球吗？他看人。人喜欢看人，人对人有兴趣，正因为如此，世界上才有戏剧这一行。

有一个人移民到美国来，住在纽约。几年以后，他遇见一个多年不见的老朋友，朋友问他过得好吗，他说："想看我笑话的人总算没看到。"这个人警觉性很高。俗语说"人在做，天在看"，其实多半是人在做，人在看，十目所视，十指所指。人最快乐的事情就是看见别人不快乐，所以舞台上有悲剧；人最高兴的时候就是看见别人犯错误，所以舞台上有喜剧。孔子、基督、佛陀都教我们要快乐，不要犯错误，可是快乐的时候往往是我们最容易犯错的时候。这一门课最难修，戏剧可以给我们提供课外的补充教材，正面的、反面的教材都有。

人花钱看戏就是为了看人，可以专心致志地看人，可以放心大胆地看人，可以从头到尾地看人，可以从公园看到卧室、从外表看到内心。看人的生老病死、悲欢离合、酒色财气、得失成败、贤愚智不肖，看个够，看个透。从前演京戏的舞台两旁有一副对联："尧舜净，汤武生，桓文丑末，古今来几多角色？日月灯，云霞彩，风雷鼓板，宇宙间一大戏场。"上联的意思是，人类的历史就是一部连续剧，尧舜禹汤文武周公齐桓晋文都是演员；下联的意思是，宇宙是一个大戏院，大自然的种种景象都是灯光、布景、音响效果。

戏剧表演的是精彩的人生，不是平淡的、枯燥的人生。观众是自由的，花钱买票入场。演戏的人知道怎么吸引他来，怎么样他不会看了一半就想回家，怎么样让他下次演戏还要来看。观众不是因为爱国来看戏，不是因为受教育来看戏，不是因为上天堂、不是因为成佛成菩萨来看戏，他来看戏，是因为你的戏很精彩。

什么是精彩？怎么样才会精彩？戏剧是一门学问，有学问的人提出一个名词，叫"戏剧性"。第一个要素是冲突。他们说没有冲突就没有戏剧，一个巴掌拍不响，没有戏；针锋相对，有戏。退一步海阔天空，没有戏；得寸进尺、忍无可忍，有戏。十七八岁的大姑娘，男朋友请她看电影、吃夜宵，叫了一辆出租车送她回家。走在半路上，大姑娘说："Stop！"司机赶快停车，大姑娘说："你继续开车吧，跟你没关系。"这里头有戏。公主和王子结婚，从此过着快快乐乐的生活，故事就结束了，没有戏了。

中国历史上有个著名的美女，西施。春秋战国时期分裂成好多个国家，西施是越国人，越国国王把她献给吴国的国王，教她引诱吴国的国王腐化堕落。后来越王勾践打败吴王夫差，报仇雪恨，西施的贡献很大。越国有个功臣叫范蠡，他本来很爱西施，越国和吴国的战争结束以后，范蠡马上辞职，带着西施走了。据说，他们买了一条船，住在太湖里，做神仙眷侣去了。用这个故事编歌舞剧，很好，用这个故事拍剧情片，就显得冲突不够。

编剧家罗怀臻先生写了一个剧本，挺有名，叫《西施归越》。吴国灭亡以后，西施又回到越国去了。西施不能远走高飞，人走了茶凉，人走了锣鼓停了，不是冤家不聚头，大家纠缠在一起才有好戏。越王勾践的政府怎样看待西施呢？有人认为西施做出很大的牺牲，功劳很大；有人认为西施在敌人那里享荣华，受富贵，是越国的罪人。这两派本来是政敌，现在借西施做题目斗起来。这个问题还没有解决，又发现西施怀孕了，她是带着吴王夫差的遗腹子回来的。那么，越国该怎么对待这个孩子，要他生还是要他死，把母子两个都杀掉还是让母子俩都活下来，还是杀掉一个留下一个，这就热闹了。

所以，戏剧家喜欢从战争里头找题材，有战争就有冲突。日本军队侵略中国，中国坚持抗战到底，兵学家蒋百里有一句名言："胜也罢，败也罢，就是不要跟他讲和！"这就数不清产生了多少可泣可歌的故事，数不清编剧家编了多少抗战剧，数不清那些演戏的剧团、剧队、剧社演了多少场，更数不清一共有多少人来看。

要精彩，除了"冲突"，还需一个因素叫"危机"。你我作为观众都看出来马上就要发生危险，可是戏里面的人不知道。耶稣说，洪水灭世的时候，人照样又吃又喝，又嫁又娶，洪水忽然就来了，这话很有戏剧性。有一位太太，发现丈夫在外面包了"二奶"，借口说出差，其实是幽会。这位太太非常生气，表面上装作不知道，暗中想办法报复。她的丈夫有心脏病，随身携带一种救急的药丸，如果心脏病发作，需赶快吃这种药丸，再进医院抢救，如果不吃这种药丸，可能就来不及了。这位太太去买了一种胃药，药丸的颜色和形状跟心脏病的药丸很相近。丈夫要出差了，她替丈夫整理随身的箱子，把药瓶里的心脏病药丸倒出来，换上她买的胃药。从这时候起，这个花心的丈夫就活在危机之中了。

后面的戏，让观众看得全神贯注，看得津津有味，一直看到那个丈夫在外面心脏病发作了，也看见他把胃药吞下去了。当然，这个丈夫没死，人死了就没有戏了，戏还要演下去，这是中间的一个桥段。

抗战时期，日本军队占领了半个中国。在日本军队的占领区，到处都是抗日的游击队。那时候我的年纪很小，也参加了抗日。我们受到日本军队的攻击，就往山区里头逃。日本军队紧紧地跟在后面追，从白天追到黑夜。老天爷降下倾盆大雨，天地间一团漆黑，要靠天上有闪电的时候才看得见脚底下的羊肠小道。山路崎岖，人人一直拼命往前走。走着走着，前头怎么停下来了？原来，前头是个悬崖。前有悬崖，后有追兵，这可怎么办？司令官当机立断，下令向后转，走回去！冤家路窄，万一碰上日本军队呢？那也得往回走，总不能守着这个悬崖。走进来是危机，走出去是更大的危机，危机一步一步升高，这就叫精彩。你当然知道我们是走出来了，今天我才能够站在这里。如果拍电影，编导不会让我们平安无事地走出来，他要戏更好看。

"冲突""危机"之外，还有一个因素是"对照"。有学问的人也说，没有对照就没有戏剧。我在《文艺与传播》里面特别指出："一个现象，如果单独存在可能很平板，如果配偶上一个相反的现象，马上就活起来。像白山黑水、人小鬼大、南船北马、天高地厚、死去活来，这些成语都很动人。所以，舞台上总是有一刚一柔（霸王、虞姬），一动一静（关公、马僮），一智一愚（劳莱、哈台），一美一丑（千金小姐、傻大姐丫鬟），或者一富一贫，一老一少。"古人写诗填词讲究对仗，无意中给戏剧家留下很多启发，例如"朱门酒肉臭，路有冻死骨"，例如"大漠孤烟直，长河落日圆"，例如"战士军前半死生，美人帐下犹歌舞"，例如"两只黄鹂鸣翠柳，一行白鹭上青天"。宋朝的晏殊是文学大家，他有一句"无可奈何花落去"，下一句一直想不出来，有人告诉他可以用"似曾相识燕归来"，两句对照，非常出名，连整首词都提升了。

　　人生无始无终，滚滚长江东逝水，人生代代无穷已，一出戏只是表现其中一段。在这一段开始之前，人生有无穷的过去，在这一段结束之后，人生有无尽的未来。四川成都的宝光寺有一副对联，下联是"天下事了犹未了，何妨以不了了之"。戏剧家说我用艺术手法来处理，我由引起你的兴趣开始，让你的兴致越来越高，然后到你兴尽为止。这叫有开头，有中段，有结尾。开头要引人入胜，中间要让你欲罢不能，结尾要有余不尽。开头和结尾都很短，中间这一段最长，上升，下降，再上升，再下降，波浪式前进；越升越高，升到一个最高点，急转直下，戛然而止。

莎士比亚的《王子复仇记》(即《哈姆雷特》)，从王子知道他父亲被人谋害开始，他就一直想复仇。仇人是他的叔父，这个人毒死国王，篡了位，自己做国王。王子想杀死他报仇，他也想除掉王子免除后患。这两个人都不容易一下子得手，拖了很久，有一个很长的中段。这件事不能不了了之，最后摊牌，"欠命的，命已还；欠泪的，泪已尽……好一似食尽鸟投林，落了片白茫茫大地真干净！"(《红楼梦》)观众看到这里就让他回家罢，回家以后再仔细回味。

抗战时期，八百壮士坚守上海的四行仓库，后来拍成了电影。"八百壮士"是淞沪战役的英雄，淞沪战役是"卢沟桥事变"的延长，"卢沟桥事变"的背后是日本军阀想灭亡中国的野心，这真是"小孩没有娘，说来话长"。戏剧只取一段，中国军队从上海战场撤退，谢晋元团长率领部下守住四行仓库，掩护大军，这是开始。谢团长被日本大军包围，上海的商会和外交使节也来劝说，他怎么也不肯投降，这是中段。中国女童军杨惠敏游过长江，把一面国旗送到谢团长手中，旗在四行仓库的楼顶升起，全上海、全世界都在看，都很兴奋，这是结尾。后事如何，戏剧不管，那是历史家的事了。

现在说表演。戏剧"表演"一段精彩的人生，不是把故事说出来给你听，是要把冲突、危机、对照都做出来给你看。演戏的舞台，有个说法叫"三面墙"：本来一间房子有四面墙，屋子里头的人在喝酒还是在炒股票，墙外头的人看不见，舞台是把第四面墙拆掉，你可以直接看见屋子里发生的事情。里面怎么会正好有两个人在偷情呢？屋子里怎么会正好有一个人想自杀呢？舞台上本来是空的，一个空空的舞台可以发生任何事情。这些精彩的事件并不是真正发生了，而是由演员"表演"它发生，观众动了感情，入乎其内，好像亲身经历了那个场面。所以，看戏有好处，让我们增加人生经验，通达人情世故。

所以，看戏就是看表演，演戏的人要把一切叙述变成表演，把一切形容变成表演，把一切评论变成表演。不能光说"我累了，他喝醉了"，不能光说"他是武松，他很勇敢"，不能光说"好可爱哟""好可怕哟""好烦哟""好小气哟"。心理学有个名词叫"剧化",看不见的起心动念转变成看得见的言语造作,就像演戏。我在《文艺与传播》里面说过:"丈夫总是在外面过夜,妻子在家里用剪刀剪丈夫的西装,把一套新西装剪成满地碎片。她很用心,很用力,一剪刀一剪刀一点也不马虎,好像在做一件重要的手工。你想她心里是什么滋味?"这就是剧化,这就是表演。

戏剧是在舞台上表演,刚才提到的"三面墙",那叫镜框式舞台,也是我们常常看见的舞台。在舞台上演戏有所谓三集中:时间集中,地点集中,人物集中。你要在一定的时间、一定的地点用有限的几个人物演出一个故事。我们不是说人喜欢看人嘛,这样观众看人方便,观众的注意力集中。拿戏剧跟小说比较,三集中的特点非常明显,《水浒传》可以让各路英雄好汉一个一个上梁山,戏剧只能演武松打虎或者宋江杀惜;《红楼梦》可以在贾府、甄府、官场、江湖发生许多故事,戏剧只能在大观园里演出贾宝玉的三角恋爱。

用"三集中"演出独幕剧没有问题,如果故事从开始到结尾的时间很长,剧中人集中活动的地点也不止一处,那就要编成四幕剧、五幕剧。"分幕"等于是把一出大戏分成好几个"三集中"来处理,故事的主线一贯到底,所以有人增加了一条"故事情节集中"。吴祖光编写的《凤凰城》号称是第一部抗战话剧。凤凰城是中国东北的一个地名，那里有一个爱国青年叫苗可秀。这出戏分成四幕：第一幕，日本军队在东北作恶太多，苗可秀辞别他的新婚妻子，参加抗日；第二幕，苗可秀跟日本特务斗法；第三幕，苗可秀带领农民起义抗日成军；第四幕，苗可秀被俘，不肯投降，有一个被派来的女间谍想救他，没有成功，日本占领军杀死了他。抗战胜利以后我到东北，坐在火车上行军，看见车窗外面一个车站的名字叫凤凰城，想起《凤凰城》这出戏，想起日本兵抓走苗可秀时他怀了孕的妻子叫着"可秀！可秀"，声音很尖锐、很响亮、很悲愤，我当时受到的震撼到现在还有大地震以后的余震。

抗战剧还有一出大戏《野玫瑰》，非常卖座。重庆派出一个美女情报员，到北平的一个大汉奸身边做卧底。间谍的工作很惊险，要处处和敌人针锋相对，既有危机又有冲突，故事情节非常精彩。重庆还派了一个青年男子打进大汉奸的小圈子。情报员彼此之间没有横的联系，这一男一女两个抗日英雄都以为对方是敌人，折腾了一阵子才弄清身份，这个过程也很刺激。最后，美女情报员为掩护那个男同志逃走，又挑拨大汉奸和他的警察厅厅长翻脸，铲除了这两个卖国贼。这出戏分四幕，以那个美女特工做核心贯串全局，地点和人物都集中，时间分成四个段落。我看这出戏的时候抗战进入了最艰苦的阶段，四面烽火，人的意识里充满了危机感，在这样的环境里看危机四伏的间谍故事，那种孤臣孽子的感受特别深切。

那时候还有一种街头剧，街道旁边就是舞台，走路经过的人不知道是在演戏，停下来看个究竟，人越聚越多。有一出街头剧叫《放下你的鞭子》，一个老汉带着一个小女孩在街头卖唱，实际上就是做乞丐，小女孩没饭吃，饿昏了，唱不出来，老汉还要打她。观众看不过去了，上前干涉，这才知道老汉是难民，家乡给日本军队占了。下面当然是老汉控诉日本军队的暴行，观众义愤填膺。这出戏没有一定的台词，演员也不一定受过训练，也不需要特别准备服装，几乎人人可以演，处处可以演，连我都演过那个唱歌的小女孩。那个老汉说"在家靠父母，出外靠朋友"，这两句话就是从那时候学会的。一个小型的演剧队可以一面走一面演，这个村子演完了到下个村子演，一天演三场五场，八千里路云和月。

戏剧是当着观众表演，要有观众在场，这也是戏剧与众不同的地方。我们写一首诗，写一本小说，写完了，即使锁在抽屉里没人看见，你的作品也已经完成了；如果演戏时现场没有观众参加，不能算是演出，只能算是彩排。戏剧不能孤芳自赏，不能藏之名山，由编剧到导演到演员，都得问自己观众在哪里。法国有一个戏剧家说："我是伺候群众的人。"

你写一首诗，只要一支铅笔和一张纸；你公演一出戏，那要花很多钱，你得找人投资。你出一本诗集，卖不掉，好像还抬高了你诗人的身份；你公演一出戏，或者拍一部电影，如果没人来看，你在这一行就黑了。戏剧是艺术品，也是商品，它有双重性质，赔本的生意没人做。

美国好莱坞拍过很多经典之作，它的生意算盘也很精明。一部喜剧从头到尾要分布多少笑料，每隔多少时间要观众笑一次，机警睿智的高级幽默、雅俗共赏的大众趣味、庸俗粗野的胡闹动作，三者如何交叉配置，他们都费心经营安排。在台湾地区，好莱坞的某一部喜剧来了，我曾经先到钻石地区票价很贵的头轮电影院去看一遍，然后到偏僻乡镇票价很低的三轮电影院去再看一遍。我发现两处观众对同一部电影的反应不同，头轮电影院里头的观众笑了的地方，三轮电影院的观众没笑；三轮电影院里头的观众哄堂大笑的地方，头轮电影院的观众笑声不多。电影的编导知道观众的欣赏能力有高有低，要让各层各等的观众都可以各取所需，才能把戏票都卖出去。

好莱坞拍了很多战争片，在战场上，将军好像都很笨，他手下的士兵则聪明、勇敢，运气也不错，一切看他们的，所以那些大明星都在战争片里演军曹，也就是班长。这是为什么？你想想看，看电影买票数人头，一个人一张票，将军也是一张票，士兵也是一张票，将军的人数多还是士兵的人数多？有很多电影以医院为背景，上演医生护士和病人之间的纠葛，病人总是很委屈，医生护士总是相当可恶，为什么？你想，买票看电影的人是医生多还是生过病的人多？美国号称是个拜金的国家，钱说话，人听；好莱坞尤其势利，可是好莱坞拍的片子从来没有瞧不起穷人，处处维护穷人的自尊心。为什么？你想，社会上是穷人多还是富人多？

抗战时期，后方的大城市里演大戏，小乡小镇演小戏。这些小戏在设计的时候针对的是农民和劳苦大众的理解能力和人生哲学。敌人打进来了，杀人放火，咱们把他赶出去。

别看中国人好欺负，狗急了变狼，人急了变流氓。你也只有一条命，你也是血肉之躯，白刀子进，照样红刀子出。你人少，我们人多，每个人吐口唾沫也淹死你。你的飞机再多咱也不怕，天上的乌鸦那么多，拉屎也没拉到我身上。大炮声音很响，一个炮弹一个坑，一个萝卜也是一个坑，大坑小坑咱们见多了，我正好想挖个养鱼池，你炸个大坑，我省很多力气。这些话，劳苦大众爱听，老大娘老大爷爱听。话剧队到农村去宣传抗日，地方上的人会为他们在野外临时搭一个戏台，不是镜框式，不是三面墙，这种舞台把三面墙都拆了，四面都是观众。观众太多了，来自四面八方，扶老携幼。没有现代的扩音设备，他们看不清楚，听不明白，但还是站在那里看。人民大众有创造力，一面看一面自己编剧情，也看得非常入神，回家以后一个月、两个月，茶余饭后谈起来没完没了。抗战时期的待遇很低，有些剧团、剧队根本就没有经费。他们到农村、到山区、到很偏僻的地方去，那里的人也很苦，不能好好地款待他们，可是演员有了这样热情的观众，他就不要命了。有些演员累病了，病了找不到医生就累死了。

最后一个要素是演员，表演要靠演员。看看京戏，就知道演员有多重要了。当年京剧界的人常说"三年出一个状元，三十年才出一个戏子"，现在早已不叫戏子了，叫明星、表演艺术家。一个戏班子，一个剧团，是以一个表演艺术家为中心组织而成的。剧团的人管这个演员叫老板——梅兰芳是梅老板，程砚秋是程老板，他才是领导，戏班子上上下下都靠他吃饭。

前面说过，人对人有兴趣，人对招牌没有兴趣。观众进戏院是来看演员演戏的，同样一出戏，看谁演，同样一首歌，看谁唱，同样几个字，看谁写。培养明星，制造明星，是好莱坞的一门学问，也是一项工业。专家为他设计服装和化妆，为他安排灯光、布景，音乐家为他作曲、配音，编剧针对他构想故事情节，配角烘云托月，他三千钟爱在一身，戏借着他来征服观众。京剧界有两句话：人捧戏，戏捧人。一出戏本来平常，只因某一位大老板演出，这出戏从此红了，这叫人捧戏。某一个演员本来平常，只因某某大导演起用他，让他担任大戏的主角，这个演员从此红了，这叫戏捧人。两者互用，可以培养明星、制造明星。

看戏也讲资历，资历有深有浅。第一个阶段看戏看故事，司马懿带着军队把诸葛亮包围了，诸葛亮干脆打开城门欢迎敌人进来，司马懿一看，诸葛亮这个人一向小心谨慎，这里面一定有阴谋诡计，他不进城，他退兵。诸葛亮跟司马懿赌了一把，赢了。第二个阶段看戏看演员，马连良演诸葛，唱腔明亮，节奏轻快，充满了自信，胜利在意料之中；杨宝森演诸葛，嗓子低沉，音色苍凉，是一个饱经忧患的人，"临事而惧，好谋而成"。

第三个阶段看导演手法。莎士比亚有一个剧本叫《一磅肉》（即《威尼斯商人》），戏里面有个犹太人，专门放高利贷。他把钱借给一个白人，签了契约，如果到时候不能还钱，这个犹太人可以从那个白人身上割下一磅肉。后来借钱的人不还钱，放债的人要照契约办事，双方打官司。那个白人，那个借钱的被告请了一个很厉害的律师，律师说，契约上只说割肉，没说带血，你可以从他身上割下一磅不带血的肉来。这是做不到的事。结果，原告，那个放利贷的犹太人败诉了，被告不还钱他也不能割肉。

当年白人的社会里演这出戏，犹太人的社会里也演这出戏。在白人社会的舞台上，这是有钱的人放高利贷剥削没钱的人，那个犹太人很可恶，应该教训他一下，看他的官司输了，皆大欢喜，导演把这个剧本处理成喜剧。在犹太人的舞台上，白人欺负犹太人，借了钱硬是不还，犹太人是少数，是弱者，教人同情，导演把这个剧本处理成悲剧。剧本没修改，只是各有各的导演手法。

欣赏戏剧，是欣赏"演员，当着观众，在舞台上表演一段精彩的人生"。为什么没说导演？我问过有学问的人，他说，导演也是一个演员。

电视剧笔记

看《纯情木屋》的故事

一个年轻的女记者在她表哥手底下做事。表哥追她,她觉得讨厌,就从姨妈家搬出来,租了一间小木屋自己住。她认识了一个大学四年级的学生,好喜欢,经常在小木屋里约会见面。她的表哥嫉妒得要命,就想办法破坏他们的感情。他买通了在电影界还没有名气的女演员,冒充那个大学生的女朋友,正好大学生的父亲也反对儿子在学业没有完成的时候谈恋爱,于是双方合作,骗得女记者跟她表哥结了婚。

结婚那天发现是个骗局,女记者恨死了。她对丈夫说已经有了两个月的身孕,肚子里怀着那个大学生的孩子,于是夫妻之间起了一连串的冲突,只有离婚。离婚之后,女记者回到小木屋,跟大学生重逢了,因为那个男孩子旧情难忘,经常带着回忆在木屋外面徘徊，有时候就住在木屋里面。两人重逢以后发誓终生相爱，女记者这才吐露真相，她根本没有孩子，那是谎话，故意欺骗她的表哥，好造成婚姻的解除。

剧　本

故事取自玄小佛女士的小说，全篇充满了女学生的幻想，有浪漫的美感，也有些地方还带着"幼稚病"。剧本保留了原著的长处，就原著的短处加以剪裁润色，是一次很成功的改编。念一遍下面的台词："爱情有多深多浓？深得看不透，浓得化不开"；"我们只见过一次面，一次不是顶美的吗"；"自从亚当遇见夏娃以后，保护女人就是男人的责任"。这些句子都是玄小佛式的，和剧中人的身份吻合，也跟某几场戏的情调相称。

本剧以故事情节见长，剧中素材丰富，安排得非常恰当，故事的进行细腻曲折，有娓娓道来的韵味。为了戏剧效果，情节该切断的地方切断，该延长的地方延长，该放大的地方放大，该变造的地方变造，但是大体上忠于原著，和原著一样的空灵洒脱。用小说改编剧本，这样保持原著的精神，很难。

演　员

女主角，那个年轻的女记者，由陈莎莉主演，看上去比《英烈千秋》里的张夫人胖了一点儿，在本剧中的扮相妩媚漂亮，有做大众情人的资格。她所演的角色的年龄比她实际的年龄要小，但是她演来胜任，令人愉快，毫不勉强。她处处流露无邪的俏皮，那是只有年轻人在一块儿才有的俏皮表情。她的腔调有时候很夸张，那是只有年轻女学生才有的夸张。她对那个男孩子表示好感的时候，微微一笑，几乎看不出她在笑，鼻子微微一动，几乎看不出它在动，那是在大学校园里常能看到的表情。《英烈千秋》证明陈莎莉能演比她实际年龄更长的角色，现在这出戏又证明她能演比她实际年龄更轻的角色，都演得逼真、自然、传神。陈莎莉是本剧的中心人物，每一场戏的情趣、气氛都要靠她的举手投足，一颦一笑都不能失败，如果她失败，别人的成功不能补救。

男主角是勾峰，他演陈莎莉喜欢的那个大学生。勾峰胖多了，几乎失去了小生原有的线条，小生的线条应该又秀又挺，可是胖一点也有好处，显得傻乎乎的，带分憨厚，讨人喜欢。他的这种模样跟玲珑剔透的陈莎莉比较，更能显出自己的角色特点。有一场戏是勾峰给陈莎莉打电话，画面分隔，两个人同时出现，对照之下，相得益彰。

勾峰的戏很重，可能比陈莎莉还重，他在表情和声音的控制方面有极大的进步。最精彩的一场，他住在医院里追问朋友为什么陈莎莉不来看他，一步一步问出来莎莉已经结婚。他哭，他叫，他像大丈夫一样忍住咽下去，握紧拳头放在嘴里咬，过了一会儿又像孩子一样把身旁的男同学紧紧捉住，当他是陈莎莉，问他为什么变心。这一场戏写得很有层次，一步比一步感情多，勾峰能够一层一层地恰如其分地表演出来。

陈莎莉的表哥、勾峰的情敌是冯海演的。他在戏里是新闻硕士、报馆主管，年轻有为，但是一点儿也不可爱。追陈莎莉屡次碰壁之后，他表情阴沉，性格极不开朗，最后只好以阴谋取胜，情节发展十分自然。冯海演戏，表情一向缺少变化，声调也不高不低，有时候这是他的缺点，但是在这出戏里人尽其才，这些所谓短处都派上了用场，恰恰合乎剧情的需要。这个角色，可能是冯海演过的最成功的角色之一。

看《泰山红颜》

电视连续剧《泰山红颜》，是观众瞩目的大戏。看连续剧的人，第一天有两个着眼点，先看片头设计，包括主题曲，再看全剧的悬疑。《泰山红颜》，顾名思义，应是以山东省为背景，以一个女孩子为主角。片头以插画的方式展现了高山、茂林、小毛驴、旧式妇女，把时代背景和乡土色彩巧妙地予以点明。有一张插画，画着一只母鸟向着巢内的雏鸟伸长了脖子，也巧妙地点出主题。主题曲与插画同步进行，设计既省钱又讨好。

主题曲完了，下面有一大段"序词"，历数中国妇女的传统美德，由黄帝的嫘祖起，历数孟母、岳母、欧母等人，议论横生。"序词"进行时，画面配的是汉代壁画那样的浮饰。汉代壁画中的人物只有一个模糊的轮廓，仿制似乎甚易，但是那种古朴的风格，却非常难以追踪。"序词"的"词"，既嫌太长，"序词"的画面，又嫌太嫩。这样一段表扬妇德的言论，颇有说教的嫌疑。放着好戏不演，先讲一篇大道理，对于收视率而言，很危险。幸而"序词"文笔脱俗，芸芸观众之中自有知音。

"序词"最大的效用是突出女主角的出场。女主角云娘由邵晓铃饰演，大戏开幕，她还是一个正在私塾里读书的大姑娘，老师要她背书，她从座位上站了起来。"序词"完毕，邵晓铃站起来的镜头立即切入，非常生动，显示全剧有了重心。

连续剧的时间，每次只有三十分钟，除去广告，除去片头，除去"序词"，剩下的时间似乎已经不够经营布置一个重要的危机，连续剧要观众逐日收看，必须有一个使人悬心的因素贯串全局，而这个因素又必须在第一天就很强烈地展示出来。所谓"第一枪击中，永远击中"，《泰山红颜》的第一天没有这一股撼人的力量，应该归咎于戏短。

云娘毒死汪利，汪利杀死云娘，这是《泰山红颜》的结局。之前，汪利对云娘说过"我不会死，要死也跟你一块儿死"，预留了伏笔。云娘下毒的情节，改为把毒粉蘸在香烟上，免去了依样画葫芦之讥，值得称赞。汪利中毒后死亡前，有一个"双目先盲，满屋乱扑"的过程，这是为了做戏。如果中毒后立即死亡，就没有戏可看了。

云娘赴汪利的"死亡约会"，是为了救田大龙。她行前先赴祠堂拜辞祖先，示已死决心，好极。祠堂中灵牌罗立，色调朴雅，很费了一番布置的功夫，但镜头只顾写云娘，灵牌一晃就过去了！可惜！汪利死前盲目扑杀，刺了云娘一刀，云娘带伤回祠堂，倒地气绝。要云娘死在祠堂里是大学问，是整出戏的"压卷"之笔。但云娘倒地后，留下一个空镜头，竟没有"摇"写那些灵牌。如能摇写，再"拉"开，以全景显示云娘死亡的姿势及死亡的环境（或先介绍死姿及环境，再近写灵位），不但增加牺牲的神圣性，且能表明整个故事的历史感，与开头第一集的"历代贤母传统"首尾遥相呼应！运镜的人省去了这一"举手之劳"，损失了五千年的文化背景。

运镜的缺失尚不止此，当云娘在祠堂中拈香默祷时，她的脸部表情极为重要，偏偏祠堂里的柱子挡住了她的半边脸。特派员把毒药交给云娘，郑重嘱咐她小心行事，然后郑重道声"再见"，就此 ending，不失为平妥，但镜头接下去摇摇晃晃地介绍了云娘出门时的背影，特派员走了两步，要送不送的样子，太多余了！

邵晓铃愈演愈好，在剧中，她的独子小强赴大后方后，心事已了，死志已决，眉宇间有英气，演出了云娘人格的另一面。她对汪利拍桌子，朝汪利脸上泼酒，动作干净利落。当她见大龙最后一面时，以家人的安全相托，其志虽决，其言甚婉，演出了外柔内刚。叩别宗祠，赴死亡约会，她镇定有力，低眉而坐，不怒而威，但风韵宜人。可惜化妆师在她额上画了两道皱纹，俗不可耐，对造型大有妨碍，使人想起成语所谓"佛头着粪"。平心而论，女子以色相接近敌人，伺机下毒，原是一段老戏。《泰山红颜》这一段结局能脱俗，全靠邵晓铃演得出众。她始终没有破坏庄重端正的形象但依然完成任务。过去，担任此类角色的女星，都是贞娥式的（《刺虎歌》：笑挟虎鼙向虎语，洞房请解军中装）。邵晓铃别树一帜，可称为云娘式的。云娘至此，始称完人。

在完结篇，王瑞演汪利的戏稍"温"。中毒后，他十指弯曲，双睛凸露，凶光四射，把一场很难演的戏演好了，证明他仍是一把得力的好手。像许多抗战剧一样，汪利不是死于抗战胜利后的国法，而是死于沦陷区人民的直接报复。不知为什么，我们一切以抗战为题材的戏，极少有人写到对战犯及汉奸的审判，难道那不是极有价值的一刻吗！那不是戏剧题材的一个新领域吗！在主题上，国法的伸张岂不优于冤冤相报吗！剧作家何以对之无感？

《泰山红颜》一路演下来，缺点一集比一集减少，优点一步比一步强化，足见作业程序健全，团队一心，可是到了最后几集，运镜的缺点太多。《泰山红颜》的运镜一直很好，为什么到了最后频频失误呢？很可能是导播把工作交给一个新手了。连续剧演到最后三集，江山底定，即使稍有逊色，观众也会把它看完，广告也不会撤走，这时候，就让他的后进，让他要培植的人上马历练一番吧。看电视连续剧总会碰上他们，正像住医院会碰见实习医生一样。

　　《泰山红颜》演出九周，共五十三集。当评介第一集时，我说过，在第一集，最值得关心的是"总悬疑"，而今，评介至最后一集，我要说，最值得着眼之处在全剧究竟有哪些地方令人回味。云娘千古，当无争论。就通俗的标准衡量，本剧既没有漂亮的小生，也没有漂亮的花旦，尤其没有一个贯通全局的"生"角（此剧的"生"戏分成三段，第一段为邓珏人，第二段为张复民，第三段为"小强"，三者间不相连属），全靠一群"硬里子"以演技取胜，有艺术抱负，但失去了流行的趣味。电视剧是否可以采这种路线向来是一大问题。《泰山红颜》的收视率究竟有多高，非我所知，倘若排名落后，上面所指出的"问题"当系最大原因。

又见凌波

香港邵氏电影公司拍《梁山伯与祝英台》，凌波是以"新人"的姿态出现的，她反串小生，从北到南征服了台湾的观众。也就在这一年，凌波到台北领电影金马奖，要劳动警车开道，始能走出热情影迷的包围。主办颁奖典礼的单位接到无数电话和投书，舞台上不可放置直立式的麦克风，以免遮挡观众的视线。一时盛况，十年美谈。十七年后，凌波再来台北，演出的是电视连续剧《七世夫妻》。

《七世夫妻》的主线是金童玉女思凡，天帝罚他们到人间辗转投胎，饱受爱情折磨。中国古代的朴素神话加上西来的轮回，拉长堆高，层峦叠嶂。在这个连续剧播映的第一天，大家看见了凌波所扮的金童——明星生涯，透支青春，十七年后，凌波已无当年风韵，扮来毫无"童"相。而神话中的金童头上生角，更显怪异。"他"的对手李璇饰演玉女，发型略近《小放牛》中的"女客人"，充满了活泼的稚气，相形之下，愈显凌波之老练，两小由无猜到有猜的微妙情愫堆砌不起来。演员不离舞台，犹如教师不离讲台，作家不离写字台，凌波盛名之余，身不由己，急流勇退谈何容易！

不过凌波仍有她的优势，她主演《梁祝》创下先例，观众以京戏捧角的心态对待她，不但完全接受反串，还有人连看五场十场，有人买票广邀亲友一同捧场。我们看京戏并不很计较演员的年龄和剧中人物的年龄是否吻合，剧校毕业公演，老旦老生全是十几二十岁的学生，机关同乐晚会，演青衣小生的全是五六十岁的同仁，这是"旧剧"和"新剧"的一大分别。电影电视原是新剧，台下许多人不知不觉做了旧剧的观众，在这些人面前，凌波仍然可以演金童。

对凌波，观众的另一期待是她的歌。《梁祝》一片从头唱到底，余音至今袅袅。《七世夫妻》似乎有意乘其余势，拾其遗穗。剧中的音乐歌唱部分，使人听了极易与黄梅调发生联想，可见在制作上对观众的心理是完全了解的。第一天，凌波的歌喉并未充分展露，只在第一集快要结束的时候——此时金童玉女已来到凡间，即将分别投胎为人，临歧执手依依，凌波的几句唱腔，才使出真本事来。《七世夫妻》既是歌唱剧，预料以后应该有若干场由凌波"主唱"的戏，第一集结尾时预留伏笔，亦可谓循循善诱了。

我们了解，中国的京剧、西方的歌剧，乃至好莱坞式的现代音乐剧中，都可以"忽然唱起来"。音乐剧必须维持相当多的音乐成分，如此，玉女思凡、偷窥人间的时候，幕后应该有合唱；玉帝赐宴群仙，仙女歌舞助兴，应该唱，也唱了，唱得太短。倘若能唱得长一点，在"音乐成分"里用摇镜介绍仙班里的众仙，用特写细写借歌声流露内心秘密的玉女，也就更值得布置那么大的一个场面了。最后金童玉女到了凡间，不忍分手，欲去又还，还时不时痛快淋漓地对唱一番，赚人热泪，那就更好了。何以不然？可能是剧本太长了，没有留给音乐歌唱足够的时间。剧本何以太长？可能是编剧把《七世夫妻》当作情节剧了。

由第一天起，画面结构和镜头角度可能是本剧的特色之一。莲叶、水珠，叠入金童玉女的面影，甚美。玉女思凡时，下界人寰有曲水翼亭，俪影双双，玉女一转身，从一个球形的空间里望天上宫阙，有"碧海青天夜夜心"的意境，好极。制作者想在《七世夫妻》中注入诗的成分，这种企图是别的连续剧的制作人所没有的。此一试验相当成功。

华视有一个极大的录影室，一再搬演大场面，《妈祖》如此，《七世夫妻》又如此。在《七世夫妻》上演的第一天，玉帝阶下的仙班、歌舞、万员外施米时排队领米的贫民，都是大手笔。在这第一天，估计一共有五十名演员出场。单是演员费一项开支，就目前电视剧的行情来说，已算是"不惜工本"。画家画出南天门（？）的全景，难免假象毕露，但是你若当作京剧舞台，这样做也是求善求美，增益其所不能了。

《七世夫妻》的广告相当多。关于广告，当然欢迎，没有广告就没有节目，唯独有时会破坏戏剧效果。凌波和李璇来到人间之后、分别投胎之前，来日茫茫，去思依依，在哭声中，凌波终于冉冉而没，李璇只能张臂向天。斯时何时，正是观众回肠荡气之时，不料突然出现奶粉广告："我是红牛，不是黄牛。"广告的构想是观众在一笑中接受产品，然而观众却啼笑皆非。

《七世夫妻》第一世是"万杞梁与孟姜女"，一共十集，情节跳出相沿已久的传说，加入了很多新的构想。例如，万杞梁逃脱入关，但孟姜女同时出关寻夫，于是万杞梁又毅然折回。例如，关外盛传万杞梁已问斩，其实斩首的乃是歹角孟兴。例如，孟姜女在始皇的威迫下先撞墙自杀，万杞梁赶到，抚尸大恸再作"后死者"。经过如此这般一番调整，结构更为完整，演员发挥的机会更多，也更适合在电视中演出。

重新编写后的情节还有一个特色，就是把涉及神怪的部分都删除了。根据《华视周刊》事先的预告，在第九集，王天雄要凌辱孟姜女，为山神所杀，孟兴要谋害孟姜女，为土地所杀。演出时前者完全不见，后者土地杀人换成樵夫杀人。第十集预告的情节中有万杞梁显魂，事实上业已取消。由这些地方可以看出制作者遵守法令，净化节目。

凌波的戏份很重，而且着敝衣做苦工、被执、受审叩头、最后遇害，都是吃力的戏。在凌波的基本观众看来，她确已"为艺术而牺牲"。李璇的戏不比凌波的少，但牺牲的精神则稍逊一筹。她在撞墙自杀后，躺在地上，发型整洁，面无血迹。其他演员，包括秦始皇一角，给人的印象都很淡，这是因为剧情集中在凌波、李璇两人身上，镜头也集中在她们两人身上的缘故。

八、九、十各集，歌唱的分量剧增，使"歌唱连续剧"名副其实。顺便说明，"歌唱剧"并不是"歌唱"加"戏剧"，而是歌唱本身即是戏剧。换言之，它不是唱一段歌，演一段戏，而是在唱歌时业已是戏了。第十集最好的一场戏，是孟姜女在长城下找万杞梁，万杞梁也找孟姜女，彼此参商，失之毫厘。在这场戏里，蜿蜒的长城好似一座迷宫，而这座迷宫在摄影棚有限的空间里，用两景交叉映现的方式，颇能仿佛一二。这一场戏完全是歌唱，这些歌唱不是"插曲"，它不仅"戏中有歌，歌中有戏"，而且"歌即是戏，戏即是歌"，可作歌唱剧的典范看。

关于布景，制这两集的布景都很难，长城和雪景都采取在内景中插入影片的办法。第十集开始，孟姜女在路上挣扎前进，影片显示峻岭积雪，大地冰封，弥缝得很好。长城的一角很有实感，就像真用又大又粗糙的青石砌成的。最后，万、孟两人俱死，雷声隆隆，城墙崩裂。（长城不是孟姜女哭倒的，而是雷霆震倒的，有科学思想，也没抛弃天怒人怨的传统概念，很好。）先看远景，那一面中间开缝的墙似乎是砖做的，次看近景，塌下来的石块都很零碎。电视布景只能如此，这是它不能跟电影比的地方。

主题方面，"万杞梁与孟姜女"第一天打出字幕，说明旨趣，第十天长城崩塌，再打出一张字幕，一再强调本剧的主旨。照字幕看，本剧要借这个悲惨的故事为真理作证：暴秦必亡。不错，秦政横暴，应该推翻，事实上也不久就有人揭竿起义。万杞梁和孟姜女之所以发生如此悲剧，第一因乃是玉皇大帝不许他们恋爱。玉皇大帝要教育他们，使他们认识爱情所能给他们的只有痛苦。他要让他们七世为人，对他们灌足爱情的苦酒，直到他们对爱情灰心绝望，复归于神。对万、孟二人而言，秦始皇不过是玉皇大帝的一个工具。秦亡了，金童玉女的苦难并未结束。

金童玉女转世的故事本来与"暴秦必亡"没有关系，在固有的神话框架里硬装这么一个主题进去，颇欠自然。中国神话的特点和弱点是不向强权正面挑战，而是指出罪恶，给罪恶一个宗教性的解释，使它合理化。黄巢杀人八百万，但被害人都是从地狱里逃亡的鬼魂，大屠杀乃是大拘捕，这么一说也就理有固然了。

人生戏剧化

我喜欢把生活经验记下来，跟许多许多人分享，我有"记录癖"。后来我知道，只会记录并不够，作家要把他的人生经验戏剧化，再写成作品。"戏剧化"是翻译过来的术语，当年有人翻译成"精彩"，有人翻译成"有声有色"。

佛经上说，有这个因就有那个果，"此起故彼起，此生故彼生"。有人说，某个地方有一座庙，庙里供着一尊用木头雕成的佛像。村子里有一户人家很穷，到了冬天没有燃料做饭，便到庙里去偷那尊佛像，把佛像劈开当柴烧。村子里有一个木匠，他到庙里去烧香拜佛，发现佛像不见了。他回家雕了一尊佛像，送到庙里供奉。那个穷人到处找燃料，他听说庙里又有佛像了，他再去偷；那个木匠，那个佛教徒，也赶紧再去补充。

一年又一年，年年冬天都是这样。

后来，偷佛像的人和雕佛像的人都死了，阎王审判他们的灵魂，毁坏佛的金身是大罪，那个小偷罪业深重，要下第十七层地狱；那个木匠，那个不断为佛陀造像的人，受的处罚更重，阎王把他打入了第十八层地狱。为什么呢？阎王说："正因为你造了那么多佛像，他才毁坏了那么多佛像，佛的金身才受到这么多的污辱，要不然，那个小偷哪里有机会造这么严重的恶业？"木匠的责任比那个小偷还要大。

"戏剧化"，活像演戏。报馆里来了个新编辑，常常受总编辑责备，生了一肚子闷气。有一天，他买了一个西瓜，特别选了红瓤的瓜。他左手捧着西瓜，右手拿着切西瓜专用的大刀，说"我请总编辑吃西瓜"。"咚"的一声，他把西瓜放在总编辑的办公桌上，手起刀落把西瓜劈开，然后"咔嚓咔嚓"一连几刀，刀尖对着总编辑伸出来又收回去，收回去又伸过来，刀上带着血红的西瓜汁。他这是干什么？这就是戏剧化。

这时候我知道，为什么说文学作品是表现人生，不是记录人生，因为记录还没有戏剧化。为什么说文学作品是诠释人生，不是解释人生，因为解释还没有戏剧化。人人都有一种烦恼——理智和情感的冲突，可以说，人每天都在理智和情感的冲突之中。纽约市的某一位市长公开告诉市民，纽约市地铁上的乞丐都是骗子，他们的收入比你好，可是，你坐在地铁的车厢里，看见一个女孩爬过来，你还是忍不住掏钱给她。事后想想，她不能走路也许是假装的，究竟该不该对她施舍？你就有了理智和情感的冲突。这时候，你的"理智和情感的冲突"还没有戏剧化。

在《白蛇传》里面，"理智和情感的冲突"就完全戏剧化了。白娘子代表人的情感，法海和尚代表人的理智，那个许仙承受着两方面的压力。"情感"教人做喜欢做的事，"理智"教人做应该做的事。有人喜欢抽烟，医生说不要抽烟，应该戒烟，医生就代表理智。有人抽了又戒，戒了又抽——抽烟有害处，我认了，担当了，戒烟有益处，你那点益处我不要总可以吧！这是普通戒烟，如果是戒鸦片、戒毒，往往要警察把吸毒的人送进医院，限制自由。他既是病人，又是犯人。烟瘾发作的时候，医生把他绑在病床上，由他忍受痛苦。这时候，理智就很冷酷，情感就很激烈，这个病人／犯人甚至要自杀，或者要杀护士。理智冷酷，情感任性，冲突不断升高，就会闹出乱子来，所以白娘子和法海斗法，水漫金山。

戏剧化是客观化，可是在戏剧化的过程中间，作家的性格、修养、见识、格局都是变数，客观中有主观，因此，戏剧化也是个别化、特殊化。"此起故彼起，此生故彼生"，原文照念，人人一样，经过戏剧化的诠释，有了分别。有人解释为"善有善报，恶有恶报""种瓜得瓜，种豆得豆"，这不是戏剧化，这是哲学化。

人对他的生活经验可以戏剧化，也可以哲学化。文学作家倾向于戏剧化，他唯恐哲学化造成简化，简化往往制造教条。善恶因果，一言难尽，"善有善报，恶有恶报"仅为其一，可能"善有恶报，恶有善报"，可能目前的善报日后演变为恶，目前的恶报日后演变为善。冯梦龙的诠释超出了善恶论断，"有是因，有是果"，他没说善恶，没说谁是瓜谁是豆，善恶因果可以有多种组合，因此，戏剧化又是深刻化、丰富化。

人生在世要尽很多责任，很累，忽然想放松一下，逃避一下，自己对自己犒赏一下。诗人说："人生行乐耳，须富贵何时！"这个表述倾向哲学化，他只得出结论。另一个诗人说："昼短苦夜长，何不秉烛游！"他倾向戏剧化，写出"秉烛夜游"的具体过程。表述过程时，结论尚未产生，做出结论时，过程业已消失。"昼短苦夜长，何不秉烛游"，填补了人生的空虚寂寞，改用肢体活动冲破夜的牢笼。所谓秉烛，应是高举火把。可以想象，书桌上的烛台，经过电影剪接"融出融入"的手法，化为火把。火把的光线很强，手持火把的人为同伴照明，自己眼中的能见度很低，所以当年夜间出游必定呼朋引类，成群结队，用一片火把制造出暂时的白昼。南北朝的大诗人这么干的时候，地方官府误以为出现山贼。哲学化使读者思考，戏剧化使读者兴味盎然。文学家大都追逐戏剧化。

张火丁的两出戏

京剧《锁麟囊》，多少名角名票演过，多少爱好京戏的人都看过，张火丁女士来纽约登台演出，大家还是要看，因为看京戏不是看本子，是看"角儿"，也就是看演员，看明星。上次你看的是李海燕的《锁麟囊》，这次要看的是张火丁的《锁麟囊》，都是好戏，不一样就是不一样。名字能够放在剧目的前面，就不是一般的角儿，用今天影剧界的宣传口吻，那是明星里面的天王星、超级巨星。影剧界安排座次名号十分慎重，要众家演员服气，要无量观众接受。"张火丁的《锁麟囊》"，七个字响当当，目前在纽约你我都听到了。

《锁麟囊》的故事很简单，京剧是歌舞剧，情节要简单，歌舞才有发挥的余地。《锁麟囊》的故事也很曲折，既是戏剧，就不能让人一眼看到底。既要简单又要曲折，全凭编剧家的本事。《锁麟囊》剧本的作者是翁偶虹，我看过他编的

《李逵探母》，感动得一塌糊涂。我也看过他的《红灯记》，那是天下只剩八出戏的时代，他有其一，真不容易。这出《锁麟囊》，听说是专为发挥程派的长处编成，程砚秋大师在世时非常赞赏，如今也在古典之列了。

长话短说，锁麟囊是一种绣成的荷包，里面装着金银珠宝，本是富家小姐薛湘灵的一件嫁妆。她出嫁的这一天，贫家女子赵守贞也出嫁，两座花轿都到一座亭子里避雨。"有钱的人任性"，薛湘灵听见赵守贞啼哭，一时动了恻隐之心，顺手把锁麟囊送给她了。这件事做过以后早已忘了，两个新娘子都没走出花轿，谁也不认识谁。多年以后，天灾人祸发生，薛家穷了，流落外乡，无以维生；赵家富了，家大业大，还摆香案供着这个锁麒囊，思念恩人。她要雇用女仆照顾儿子，薛湘灵进了赵家。经过一番曲折，当年的那一件锁麒囊揭露冰山，赵家对薛湘灵热诚回报，帮助她全家团圆，还跟她分享财富。

京剧的剧本多半不是给我们读的，它是给导演、演员准备的，它是演出过程中的一个环节，我们能看到的是最后的表演。歌舞剧的剧本更像一个花架，让花枝沿着它的框架发展，朝着观众开出繁盛的花朵。《锁麟囊》开始是富家小姐挑剔嫁妆，男仆女仆忙得团团转，这是生活戏。出嫁途中到春秋亭避雨，一富一贫相遇，两个新娘都坐在轿子里面没有出来，用大段唱功展开剧情，音乐的成分加重。后来薛家小姐到赵家去照顾孩子，那小孩也非常顽皮任性，和富有时期的薛湘灵遥遥对照。在小主人的无理纠缠之中，薛女没有余裕发抒感伤，演出了难度最高的内心戏。那顽皮的小男孩竟要求薛湘灵伏地扮马！这场景如何能由青衣演出！编剧"行到水穷处"突然拔高，把它转化成一场舞蹈，这一场好看极了。《锁麟囊》要求演员从各方面展现表演才能，所以张火丁女士认为是难以再得的剧本。对我们纽约的观众来说，观赏此剧，张火丁也是难以再得的演员。

《锁麟囊》是喜剧和感伤剧的结合，外面环境的动荡和内心情感的变化都很激烈，歌舞的艺术形式做了疏散和节制，做到"喜怒哀乐之未发，谓之中，发而皆中节，谓之和"，很好。京戏也承认人性有丑恶，人生有痛苦，人世有不公不平，这些都是过程，到最后，总会给你一个安慰，很好。看京剧可以深明人情世故，但是不会愤世嫉俗，可以勘破兴衰荣辱，但不会消极悲观。我觉得到了今天，我们仍然需要这样的生活态度。

除了《锁麟囊》，张火丁女士还要演出《白蛇传》。

人与异类相恋，这一类故事很多，起初也很简单，比方说一条蛇修炼成精，化身美人，跟人结婚，后来人发现她是"妖"，把它赶走，那"妖"也好像自知理亏，乖乖地消失了。

人人爱听故事，故事万口流传，在传播转述中不断加以增添修改，这是人类的天性。就这样，故事的内容越来越丰富。这时，说书的人看上了这个故事。早期说书没有固定的书稿，他一面讲说一面创作，故事越说越长，也越精彩。同一个故事，各地的说书人有不同的版本。

然后，轮到擅长写作的人了，他搜集各种版本加以整理编辑，再用自己的文才补充润色，使它符合文学上的各种要求。这个故事是四面八方爱听故事的各色人等"集纳"而来，自然符合文学人口各方面的兴趣，稿本由此写定。《白蛇传》大概就是这样形成的。

故事一旦"成形"，也就是有开头，有结尾，中段的发展有冲突，有转折，整个故事既统一又有变化，就可能由戏剧家搬上舞台。古时候，戏剧家好像很少自己创作故事，他们用现成的故事改编，他们在改编时赋予故事新的意义，后世称为再创作。中国的国土广大，各地有各地的戏剧，同一个白娘子，在汉戏（湖北）中有汉戏的面目，在婺剧（浙江）中有婺剧的精神。然后，大戏剧家来了，他吸纳众长，向上发展。不只是故事，还有唱功做工、化妆服装、音乐伴奏，大戏剧家凭他的匠心选择组合，如百花之成蜜，如众星之拱月，如群山之朝岳。这样就有了全国性的戏剧、世界性的戏剧，这样的戏止于至善，尊为古典，京剧《白蛇传》就是这个样子。

后世艺术家对古典有两种态度，一是诠释，一是颠覆。后者按下不表，且说前者，当代京剧大师张火丁正要为了诠释《白蛇传》到纽约登台。诠释不是解释，诠释是"示现"，不同的诠释做出不同的示现，你我看了示现以后自己得到解释。《白蛇传》演出的时候，观众要看要听张火丁的示现。在这出戏里面，她是百花成蜜后的"蜜"，众星拱月时的"月"，群山朝岳中的"岳"。故事里有一千多年以来的文学天才，京剧里有几百年以来的戏剧精华，张火丁数十年的功夫、一身承传，加上自己的独造，以数万里的长程前来献于一夕。

说到诠释，最早的民间故事里，白娘子近似妖女；进入说部，她演化为仙女；京戏加工塑造，游湖借伞，她是美女；

盗仙草救丈夫，她是奇女；斗法海水漫金山寺，她是痴女；压在雷峰塔下，她是弱女。搬上舞台，诠释的难度很高，平常演员顾此失彼，完美的演出首推程砚秋。张火丁承袭程派衣钵，尽得真妙而自有慧心。她赋予白娘子侠气，使这个美女、奇女、痴女、弱女到底不失为侠女。一往情深，全力以赴，敢作敢当，不计成败利害，舞台上的艺术魅力化为舞台下的人格魅力，不管到哪里演出都座无虚席。张火丁女士不愧是大师，不愧于她的豪情壮志："京剧从未没落。"

艺术的表现者毕竟是人，有天才的个人，社会极其单一化的时候，犹能容得下梅兰芳，犹能产生张君秋，岩石的裂缝里有土壤，就能展开一丛兰花，或者立起一棵苍松。学京戏成材太难，成名更难，得其精妙的人非常少，一旦得到了，也非常长久，非常受尊重，非常受拥戴，留下别人不能留下的东西。"京剧从未没落"，令人担心的是我们往往错过。

绘画

漫谈绘画欣赏

我佩服画家，他们了不起！每一张画都是一个奇迹。画家能用线条把立体移到平面上，可以挂在屋子里，也可以卷起来带着走。画家呈现万象之美，进一步创造万物没有的美，他跟造化同工。

读书是开卷有益，看书画展览更方便，开眼有益。多少景象没见过，多少景象画家所见异于常人，又真又幻，又色又空，又是刹那又是永恒。人生不如意事八九，"感时花溅泪，恨别鸟惊心"，有许多不愉快的联想。书法家和画家有本事，他们用作品脱去了人世的苦难，好像从食物中抽掉了胆固醇，大自然这才陶冶性情。站在这些书画前面，我觉得世界很好，生命也很好，不忍世界有一天毁灭。

在艺廊里，我们每年都可以看到几次重要的画展。每次看画展，就像收到了一份礼物。看西画和看国画，感受不一样：

看西画，像收到一打可口可乐，看国画，像收到几瓶陈年绍兴；看西画，像有人邀请你出门旅行，看国画，像有人通知你放假回家。无论画的是什么，西画画的好像都是夏天，国画画的好像都是秋天。看西画，每一幅都是人家画的，看国画，每一幅都好像是自己画的。国画是我们睡过的摇篮，呼吸过的风，游过的河水，踩过的地平线。每一幅国画都是一个白日梦。

身在异国，到画廊里看中国。这些画，留白就是中国的天空，日月光华；这色彩线条就是中国的人间，中国的金木水火土。我们看画，如逢故知，如归故乡。看一笔一画，一皴一染，都有来历，从中华的历史文化流过来，从唐宋元明清流过来，流进我们的心房心室。它的浓淡疏密，就是我们的脉搏，我们的四肢百骸都舒服。感谢画家，他们的天才、他们几十年的功力都奉献给了中国艺术。他们又不远万里带了他们的作品来，做美术使者，给我们一次不平凡的感动。感谢这一次又一次的展览，"你们把中国留在万邦了！"

一

《凡·高传》教人为艺术家难受。

凡·高，这位后期印象派绘画的大师，应该是稀有的天才。但是，请看他怎样做人？请看他怎样对付生活？他是那样地蠢，那样地笨，那样地低能。他的一行一言，都让你为他焦急，他每做一事，你都对他失望。

世人都将因揣测造物者的用意而迷惑坠失。凡·高，这一副几乎不能及格的皮囊，竟是肉眼所不能觉察的泰山。他粗陋的手指能制作艺术的瑰宝，在他猥琐的仪态后面藏着高贵的匠心。一个贫穷的小人物，却是增加全人类精神遗产的魔术师！既然如此，当初造物者对凡·高为何只像是毫不经意地抓了一把物质？为何要使他所施的与所受的如此不能相称？

许多艺术天才都像凡·高，做"不得已的游荡者"。在他们的遭遇里，社会好比是一个个的方格子密排而成的，家庭是个小方格，职业是个小方格，婚姻、朋友也是，而他们是庞大的多角形，无论摆在哪个方格里都不合适。他们，像凡·高，不会做人子，不会做丈夫，不会做朋友，也不会做部属，只会做艺术家，拙于一切而只精于绘事，失欢于人间而独得妙旨于画布，这种人是命定的坎坷。

他们，像凡·高，都有一份执着的精神，看似浑浑噩噩，一旦抓住某项东西就死不放手，直到既精且能、出神入化。这是艺术家的精神，也是科学家的精神，有此精神的人，看似傻，实不傻；而世上那些滚动着的不生青苔的石块，看似聪明，其实未必聪明。但做后面这种人，庸庸碌碌，无所得亦无所失，做前面那种人，纵所得甚多，同时损失也十分惨重！所以，为庸人易，为天才难！

忘记是哪位说的了：艺术家只有用最少的精力去应付生活，才能用最大的精力从事创造。善哉言乎！诗人拿刮胡子的工夫移用于观察和想象，以致囚首垢面。天才若仅只这样，则危险不大，痛苦不深，还带着喜剧的意味，凡·高不然，他远远地超过了这个限度。他没有做人的一切快乐，他在五伦之间全不得意，何以故？艺术不准他。历史上偶然也有春风得意的艺术家，但那不是凡·高。凡·高是艺术的奴隶，是艺术之神的一件工具，他的工作成果尽管丰富，自身一无所有。这样的人焉得不疯！

看过《凡·高传》，使人暗想："幸亏我是个庸人！"庸人有许多特权，不但可以坐享艺术家的成就，还可以侮辱艺术家的心血，一如凡·高当年所遭遇到的。罗素曾经表示：艺术家比起科学家来处处吃亏，设有一人看不懂相对论，他会判定是由于自己的程度不够；但若他看不懂一幅画，马上就会批评这画不好。我们希望最好的作品能雅俗共赏，事实上却不尽然，韩文公"小惭……小好，大惭……大好"，白居易"时之所重，仆之所轻"，凡·高把心肝呕出来，看见的人说那是不能消化的猪肉，人当此境，焉得不疯！

看凡·高的画，教人"战栗"。他用的色彩那样浓、那样壮丽，那线条的诡奇，是把宇宙重新组织过了的；他强烈的主观扭曲了一切物相，使人为他的固执所困扰、惶恐。他画的天空似是几万万年前或几万万年后的模样，那时地球尚未凝固，或是正在销熔。那样的画，不但画的人要疯，看的人也要疯！

悼念凡·高，令人默祝"庸人"的水准普遍提高。只有大家靠天才略近一些，今后这样的悲剧才可减少。

二

过年了，把买来的两张年画挂起来，一张产自天津杨柳青，一张产自山东潍县（今潍坊）。解放战争后期，我从这两个地方经过，这两个地方的年画都很出名。

看年画，想到：一、画中的小孩都太胖了，近乎病态；二、画中的动作，鱼、龙、麒麟都失去了本性，很容易控制；三、一切线条都没有张力，不见画家的个性；四、画面完全填满，为求丰富，不惜拥挤。从这些特征可以看出当年中国人在生活中追求的是什么。

年画的风格出自民俗，民俗是大众趣味，生活哲学的具象。中国式的插花，花团锦簇，丰盛饱满，好像满堂笑声，热热闹闹。就像广东人请客，饭从碗平面高高隆起，紧密结实，一满碗饭是两平碗的量。收成好，主人待客也尽其所有。不要拿日式插花来批评中式插花，也不能拿西餐盘子里那一点马铃薯批评广东人的这一碗饭。日式插花，用中国民俗的眼光看，孤苦伶仃；中国人的那一碗饭，西方绅士看来，拿来宾当饥民。此言差矣，对一个国家的民俗要用欣赏的眼光。

三

祖猄女士在故宫博物院专门临摹古画。临摹可以说是从前用手工复制的技术，原画真迹很珍贵，要好好保管，大众不容易看到，临摹是分身，比较容易看到，为艺术教育、艺术欣赏提供了很多方便，艺术更容易发展、更容易普及。书画有一定的寿命，天灾人祸又很多，所谓水火兵虫，多少名画的真迹毁坏了，幸而还有临摹的一个备份留下来，损失还不算太大。她告诉我们，哪些名画是靠临摹流传到现在，多少古画快要自然分解了，要靠临摹复制，使它虽死犹生。她临摹的作品超过一百件，她从其中带来两幅小件，展示给我们欣赏。

画画的人大都强调要画得跟古人不一样，祖荻女士的工作是要画得跟古人一样。画得跟古人不一样，很难，画得跟古人一样，更难，然后再自己画，画得跟古人又不一样了，这就了不起。

临摹也要具备大画家的条件，摹出来的这一张，有时候跟原来那一张难分上下，甚至有人认为比原来那张还要好。只是原来那一张除了艺术价值还有历史价值，它除了是一张画，还是一件古董。当然，临摹的这一张，几百年后，也是古董了。临摹的高手，在创作方面，也有不平凡的成就。祖荻女士的代表作洗净铅华，脱出红尘，别有天地非人间，美术界称之为"诗歌冰雪画派"，这次也在纽约展出几幅。

四

可以想象，远古时代有一个天才，忽然发现可以把立体的东西用线条移到平面上，他的惊奇狂喜，他的欣然自足，乃至物我合一、物我俱忘，此一境界是终生难舍的，是人人羡慕的。种种感受，一代一代由习画的人重现。学习的快乐、创作的奇妙，不论初学或名家、专业或业余，都不能抗拒它的吸引力。

纽约侨社学画的风气很盛，可能仅次于学英文，有些社区因缘特殊，学画的人或许比学英文的人还要多。这一现象反映了在美华人的双重需要：功利的和性情的。介云堂在《世界日报》艺廊举行师生联展，由老师谢翠霞女士率一百零八位学生展出作品。英语私人教学都没有出现这样大的阵容，幸亏《世界日报》艺廊面积宽阔，可以容纳得下。

谢女士是师大美术系造就出来的画家，在中国台湾教画十五年，来美国教画又十五年。师大的美术教育为培养教学师资而设，高材生都中西兼擅，十项全能，将来可面对各等根器、各种性格的学生因材施教。谢老师教学不拘一格，除了山水画中或多或少地分布着黄君璧的苍劲幽深，其他风景、人物、翎毛、花卉，各有面貌倾向。

看介云堂的画者，从五岁到七十七岁，从新移民到老纽约，从初学到深造均有，显示了广大的包容性。作品从小幅花卉、翎毛的巧妙灵活，到大幅苍松、巨石的沉实庄重；由素净谨细的白描，到恣肆挥洒的皴染，均有。闺秀表现了她的娴雅，儿童表现了他的活泼，老人表现了他的宁静，所有的画者都得到了创作的快乐。

据说精神有压力或精神空虚的人很多，那么学画如何？

五

看"马白水彩墨八十回顾"，想见一位老画家的心路历程。回顾展依马先生的居所区分为中国大陆、台湾地区以及美国纽约三个时期，可以说是画家的编年史。马老的"中国大陆时期"，兴趣偏重山水风景，这时他已是知名的艺术家，两度骑着脚踏车千里写生，真正下了苦功。

今天看马老早期的作品，画风沉静而有张力，画面带着"若有所思"的神情，设色寒素，仿佛"寒山一带伤心碧"，"旌旗无光日色薄"。他也许是为了纠正当时"多买胭脂画牡丹"的风气吧，可是他那些水彩，使大地山川仿佛带着酒痕、泪痕。

远处秋水淡入长天，近树则枝叶纠连，有"理还乱"的无可奈何，马老心底深处应该有很厚的埋藏。这些我们不可究诘，只有烦劳为马老作传的人抉隐发微了。

马老到台湾后，起初仍然爱画山水，"马家山水"所含的白垩质更多，在画坛独树一帜。他的朋友跟他开玩笑，说这些画"贫"。不久，亚热带炽热的阳光产生了影响，日月光华进入画面，景物不仅多姿，而且多彩。他把太鲁阁和碧潭装扮一新，从他独有的皴法可以看出光线怎样雕刻了那些峰峦和波浪，所有的人造之物，如房舍、桥梁、阡陌，其线条都充满了自信。

台湾的植物本来红瘦绿肥，颜色不免单调，摄影家一度颇感苦恼，但在画家眼中、腕底"墨分五色"，有"墨彩"之说，绿色当然也可以有很多变化。马老以画笔提醒我们，在夕阳返照下，野柳的山石可以是赭色的；在旭晖点染下，太鲁阁的峭壁可以是鹅黄色的；当山雨欲来时，碧潭的山可以是梦幻一般无可名状的颜色。马老点石成玉，滴水成翠，抹云作霞，还我们一个美丽的台湾。

马老的"台湾时期"关怀民生，对人的兴趣特别高，举凡中山堂前的人力车、基隆运木材的牛车、苏澳的渔舟、六张犁的农夫、草地上的学生、水果摊的顾客均可入画，还有多幅精神奕奕的人像。这些是他这一时期的主要题材。台北市郊外偏僻的南势角，文明的边缘，一入画境便不同。他的画中人都有其自尊，不管自然（天地山川）占的比例多么大，人并不感到压力，人与自然调和，使人想起中国先贤倡导的"中和位育"。

像许多人一样，"台湾时期"是马老最重要的时期，生机勃发，兴会淋漓，心中的喜悦与感动、爱怜与庄重盎然现于画图。他画的雨后长街是他和台北人一同漫步的水晶宫，他画的野柳、海滩是他和天公一同送给台湾的彩钻。农忙中收获的兴奋和安全感，晚霞中天恩普降的暗示，他都用线条、颜色传递，专矣精矣，工矣巧矣。台湾省立美术馆为马老举行回顾展，谁曰不宜？

马老也画水彩，在台湾，他发展了水法的别裁。水彩水彩，水为彩之友，亦为彩之敌；水为彩之臣，有时亦可为彩之君。运彩难，运水尤难。马老爱画水，半片西湖，十里钱塘，水汽氤氲。画中宝岛是水做成的，夜凉如水，晓雾亦如水。山色空蒙雨亦奇，山如云，云如水，水如天。那幅碧潭山水云天不分，而山水云天自有。碧潭的山被水浸透，山像是去皮的水蜜桃、未融的冰激凌、儿时的梦。由于水法成功，马老画出来一些真正的水彩画，也就是唯有水彩才可以画出来的那种效果意境，不似油画，不似国画，不似摄影。艺术家总是穷而后工，工而后绝，绝而后孤，孤而后神。

然后马老进入他的"纽约时期"，异国风景殊异，画风又一次蜕变。古根海姆博物馆首开新面，有力的弧形线条横向平行重叠，贯通左右，钢骨水泥大厦的质感与霸气沛然。大峡谷光线自上而下泻入，千仞立壁森然罗列，一排近乎垂直的管道通天贯地，除此之外再无世界。秋林觅句，枫林广远，红叶无尽，天下皆秋，诗心方寸，敢问找到了什么佳句警句？"前不见古人，后不见来者？"哈德逊河春色来天地，摆脱了工业文明的压抑，眼前脚下何处无芳草？这些大画，把他画的台湾山水都比成了小品。

最令我有刻骨之感的是他画的长城。只见山城高耸，山巅墙顶如刀刃露出寒光，山势蜿蜒，而长城转折处皆成尖角，似乎钢铁锋镝也在痛苦挣扎。长城内外，向内的一面山色明亮，向外的一面山色阴沉，悬崖峭壁上深深浅浅都像是未干的碧血。千古艰难，可怜无数，绘画也是一种语言。

画廊去来

在华侨文教中心看见杨思胜医师策划的"《赤壁赋》书画展"，纽约华人书画家以苏东坡的《赤壁赋》为主题，提出作品。绕场一周后，所得的印象是：大家都向"前赋"取材，"后赋"颇受冷落，书法家大多写"前赋"原文交卷，画家多半从"前赋"中汲取画意，另作构思。

于兆漪先生的两幅画我最喜欢，一幅为西画，用亚克力颜料，望之近似蜡染，色彩鲜艳，山壁逼目，山皴以西式直线处理，有创意。另一幅为国画，他把船舱放大，变形为圆，人物"相与枕藉乎舟中"，叠满舱内，个个醉颜可掬，很有趣。两幅画的景物能见度很高，应该不是夜景而是"东方既白"之后，可见画家思路灵活。

到喜来登酒店七楼看四君子画展，王闻善、陈瑞康、丘丙良、杨思胜四人画梅兰竹菊，张隆延教授剪彩致辞。

王闻善是黄君璧教授的学生，作画谨守法度，中规中矩。陈瑞康属于岭南画派，有个人色彩。丘丙良更从活泼中见才气。杨思胜不拘一格，时有漫画趣味。这一次序使我看见国画家由谨慎到大胆的足迹。

画展开幕式结束，"四君子"邀在场的全体来宾吃台式料理，宴开七桌，在此间算是大手笔了。这一餐我很受启发，画国画犹如玩票唱戏，要肯自己赔钱，文学亦犹是也。

餐后与西画家姚庆章偕行，问他何所见而去，他很爽直："都是技术，只有技术。"我问除了技术还该有什么，他说思想。我说以梅兰竹菊画出君子的人格，应该算是有思想，他说那是古人的思想、别人的思想，说到此处就分手了。

我一路寻思哪个画家有自己独创的思想，其实提出新思想是哲学家的事，艺术家不过但观大略、每有会意罢了。回到家再想，画家吸收了与古人不同的思想，就能从"梅兰竹菊"中看见不同的物象，画出不同的画来。有人为了画不同的画，就找到了不同的技法，新思想可能是新技法的源头，老姚的批评有他的道理。

诗人向明的女公子开画展，她画"现代画"，台湾地区一般称之为抽象画，也就是50年代在台北引起政治猜忌的那种画。话题转到"看不懂"，我引石涛的画论"状一切无可名之形"，说现代画什么都不像，同时也什么都像，"什么都不像"，色即是空，"什么都像"，空即是色。

有人提倡纯粹诗，抽象画也是纯粹画？纯粹画领域与文学不重叠，画中不能有诗，诗中不能有画；与摄影不重叠，画什么不像什么，甚至不说画什么。

"艺术不是传宗接代"，艺术是婚外情、混血儿，不是分裂繁殖，不是近亲繁殖，另立门户，不牢守祖产。方东美要求"尽己之性，尽人之性，尽物之性"，魏明伦要求"得寸进尺"，大泽人要求"无所不用其极"。

言有穷而感受无尽，再作新诗一首：

地震摇落晚霞

搅拌山水

零拆掉圆圈

天空抽去蓝

前世遇我

来生识你

今日交臂错过

梦中抓住又失去

　　我认识姚庆章先生比较晚。80年代后期，我在纽约遇见他，留着两撇小胡子，精力饱满，热情焕发。那时候是他的写实时期，他画出来的纽约市表现了资本主义第一大都会的冷酷、社会高度工业化的精确，和人的血肉之躯做无情的对照。我指着他的画对他说，这才是我感受到的、我体会到的纽约。

　　我不懂画，不懂画的人看画，凭的是缘分。我喜欢他的画，佩服他的画，我们有缘。自从我认识他以后，在纽约，我看过他的每一场画展。后来，他的画风改变，常用拼贴的手法。他的拼贴和西方流行的拼贴不同，有形的色彩线条后面有无形的道家哲学，表面上看来不相干的东西，由一种玄妙的气氛融合在一起。

　　庆章先生口才很好，非常健谈。中美建交前后，他一次又一次不辞辛劳地到中国讲学。那时中国的艺术创作、艺术教育和西方隔绝了几十年，受到很大的局限，他们对世界艺术的发展不了解，或者只有错误的了解。姚先生仆仆风尘地给他们补课，帮他们与世界艺术接轨，美术界的同行很佩服他。他到各大学演讲的时候，听讲的人多，大厅里坐满了人，窗户上贴满了人，院子里也站满了人。

每一个艺术家背后都有一个开支票的人。姚先生的画值钱，开支票买画的人很多，但是一开始并不如此。万事开头难，只有一个人开支票给他，就是姚夫人。夫人慧眼识天才，支持他，鼓励他。画家有旺季也有淡季，有走红的时候也有走黑的时候，人生总是起起落落，柳暗花明又一村。经济不景气的时候，人家都收起支票本，仍然有一个人打开支票本，那就是姚夫人，姚夫人为美术史做出了贡献。

人人都要离开这个世界，姚先生走得匆忙，我想起两个成语：天不假年，天妒英才！老天既然让他成为画家，为什么不让他多画十年，老天既然让他成为那么好的画家，为什么不让他多画二十年。虽然如此，姚先生留下那么多好作品，使我们的文化更丰富了。他的待人接物、言谈举止，使我们多了一个好榜样，老天待他也许不是很厚，待我们倒是不薄。

看卓有瑞的画展，其全部作品以"墙"为题材，有的墙像人面，布满沧桑变迁、岁月悲欢的痕迹；有的墙像地图，蛛丝马迹，耐人寻味；有的墙像三流的工匠修补一流的手工，似有人生的无奈，也有满墙花影或一枝出墙，一片柔情。

我在电影中见过一面据说是汉代筑起的黄土墙，在特写镜头下，斑驳凹凸如月球表面，使人联想到抽象画。遥想中国有很多古城，古城里有很多长巷，几百米没有门窗，岂不都成了画廊？墙可以成画，可以入画，浮生眼底多了些值得驻足谛视的风景，心中少了些烦恼。还记得有一次寻访一处旧宅，未入门先面墙，贪看满墙画意使我反而不想进门了。

我问卓女士何以要画这么多的墙，她说"人生总是要面对许多墙"。忽然想起一个问题，这些来看"墙"的人，究竟是站在墙内还是墙外？如果站在墙内，墙外是什么样子？如果站在墙外，墙内又是什么样子？各人有各人的答案，我觉得"面壁"的时候，无论你站在墙内、墙外都是局外，只有画属于你。

今天大都市里触目皆是砖墙、水泥墙，有些工人受过高人指点，故意没把墙面的水泥抹平，留下许多凸起的线条，沿着线索留些灰垢，长些青苔，让大自然有作画的条件。想起当年家乡有很多土墙，雨水在墙面上冲打成纹，那才真是一幅好画。雨滴不断扑上去，流下来，墙上的画也不断修改换新，今天回想，希望它能入梦。

《世界日报》艺廊展出国画大师欧豪年的精品。欧先生的画可用"灵动感通"四个字形容，这要先说他题画的行书。他的线条回曲蜿蜒，时有顿挫，颇似人的舞姿。一字之中，各个笔画互动，拥抱共同的重心，颇似独舞，一篇题词就成了有结构的群舞。他题画的诗："泉飞如漱下幽岑，耳畔琴喧出谷音。对壑相看惊咫尺，水光虹影满寒襟。"看画的人正宜如此细赏。

再看他的画。右方画几竿竹，左方画几只鸡，母鸡小鸡仿佛共语，那是当然。怎么鸡和竹也有呼应有默契？它们难道自知一同属于大自然，目无余类？

"一蜂随蝶上树梢"寻常见，稀奇的是树梢大有伸臂接待之意。此次展出的最大的一幅画，八匹骏马横向排开，八马各有姿态，但精神都向中间那匹集中。画家对中间这个"精神领袖"特别夸张了它的颈部和前胸，构成画面的重心。这幅大作显示了马的群性，画家的心灵与马的特性相通，马的特性与笔墨技法相通，也是难得的造境。

我第一次看见欧氏的作品就觉得如此唯美，冷泉、峭壁、高僧一一入画，花卉离明亮艳丽渐远，向劲秀渐近。行书题在他画的某些题材上，和老梅、老树、山的擦皴、人物衣服的褶皱调和，字和画就浑然一体了。字也是画，画也是字，两者的审美同源。这时作品有力度，有涩感，有个别的朴素和整体的丰富。

"洗尽铅华"非易事，"浓妆淡抹两相宜"也就了不起。都说欧氏的画出于岭南派，观赏这次展出的作品，他好像走出了岭南派，不知是岭南派的教外别传还是层楼更上？

十月天气，凉爽宜人，书画名家王懋轩教授举行了他定居纽约后的第一次个人展览。画廊宽敞，但是座位坐满了，空地也站满了。大家来看画，也来听他讲话，也来看那些出席的名媛名士，还有那些同好同文。

懋轩先生本是一位汉学家，研究中国文化之余沉浸书画，他来纽约之前，已在中国台湾地区、阿根廷、乌拉圭各地开过二十八次个展。1988年来美，他创办了三个艺术团体，并在其中之一长期担任会长。他多次为华人艺术家举行展览，也多次应邀参加联展，可是二十年间却没有为自己举行过个展。

知情者说，懋公天缘独厚，出身艺术世家，幼年就亲近张大千、马寿华、溥心畬、黄君璧四位大师，二十岁左右已有相当的知名度。壮年治学精专，教育中外英才，他经过一番繁华，退休以后移民来美，进入艺术上的沉潜期。他思考，他实验，他定静安虑，他融会贯通，他要"却顾来时路"，更上一层楼。

这么说，王懋轩教授这次个展非同寻常，大家要看。他的学生到得早，站在画前细心揣摩，印证平时老师在课堂上的传授。这些精品，他们也是第一次看到。懋公的朋友也来得不算晚，这些朋友大半是书家画家，各擅胜场，他们也许像武侠小说里所写的那样，急于一窥这位高手新近练成了什么样的独门武功。然后陆续而来的是"书画人口"，爱字爱画，自己不能动手，也没法搜藏，忙里偷闲看展览，算是过屠门而大嚼。我问一位画家看见了什么，他说"大师的作品不可妄评"。赞美总可以吧？他说"赞美也是批评"。

我心粗气浮，不能学他沉默是金，新闻记者向我采访的时候，我姑妄言之。我觉得王教授当年受溥心畬和黄君璧两位先生影响较多，溥氏空灵，黄氏厚重，溥氏给他天空，黄氏给他大地，他在天下地上经营自己的世界。像古往今来所有的艺术家一样，他造成一个世界，再走出这个世界。他人有心，予忖度之，纽约二十年的沉潜，为的是展布今后的高明。今天看他的作品，可以发现有黄氏、溥氏的风韵，但是即使把溥心畬、黄君璧加起来，也并不等于王懋轩。今天的王懋轩在溥氏、黄氏之外还有一个很大的成分，这一奇妙的融合使懋公有了自己的面目，"自己的面目"是一切艺术家的证明书。

这时我看见他的一幅山水，层峦叠嶂在白云弥漫中露出峰顶，面向一轮夕阳，皴法柔和，峰面都鬃上一层霞晖，浓淡疏密因远近高低而有差异，一眼望去，俨然一群生灵膜拜天象，体现造物者的庄严。

我是个"搞白话文的"，书法家不写白话，一如他们不写简体字。懋公此次展出的作品居然有一首白话诗，他居然用大字写成四幅立屏，并非偶然遣兴的小品。这才想起他也是诗人。闭幕之前，这件作品有人抢先收藏，我想补拍一张照片都没来得及，"别时容易！"这个小插曲，更使我对这次展览回味有余。

"9·11"事件发生后，纽约的多位华人画家为救难筹款，得世界文化艺廊之助，举行一连三天的义卖展览。一方有难，十方来助，三千六百行唯恐后人，咱们华人书画家终未缺席。参展的书画家皆负盛望，一眼望去，"台上十分钟、台下十年功"（又岂止十年），四十四位书画家笔笔是美，笔笔是善。有几位画家首次在这里展出画作，李山的"人文骆驼"，全汉东的"性格牛"，徐希的"雨雪温室"，李建中的"史前天体"，都很抢眼。

许许多多人（包括画家在内）大半早已捐过钱，社会上有人还没有捐或者还想再捐，有劳画家们发一声呼唤，加一次催促，多一次结合，使大家不但积攒财富在天上，还可以挂画在家里。多位画家特意把标价降到最低，以便把画送进"收入偏低、审美修养偏高"的家庭。据了解，新移民因生活环境骤然出现落差，出现很多这样的家庭，画家借此机缘，表示对他们的慰问。

依艺坛传统，画固然讲究"价值"，却也重视"价格"。古今中外的画家大都比较在乎钱，可是用画来创造佳话，也是画家传记中最生动有情的部分。大画家都有要画不要钱的时候，也都有钱和画都不要的时候，这是人格，也是画境。"格"低"境"何能高！纵然有颂词连篇，也是世俗虚浮应酬。

这次义卖联展由画家李山发起，他希望画家们每年举行一次慈善义卖联展，时间就定在十一月、圣诞节前。即使天下太平，也是"须知世上苦人多"！

替天行道，天酬善人，"富润屋，德润身"，善也润画，如果二十年功、三十年功尚有未到之处，或者由此更上层楼。

以画会友

一

李山和我是抗战时期一同穿草鞋的流亡学生。抗战胜利，他雏鸟回巢，我飞到东北、华北觅食，各人面对自己的命运，断绝音信。社会加工造人，他画画，我写文章，重逢已是四十年后。

那时我在纽约，他来纽约开画展，我从报纸看见大幅报道，跑到画廊相见。经过"称名忆旧容"，"相悲各问年"，他带我看画。主调是天山风光，最抢眼的是成队的骆驼。我小时候见过骆驼，卖药的小商人牵着这么一头怪兽沿街招徕顾客。那天我在李山的画上见到的骆驼是一个全新的生命体，大雪纷飞，骆驼在荒漠中逆风前进，满身积雪，腿如铁铸。万物一色，与冰雪俱化，而骆驼是历劫不灭的生灵。

这骆驼不是那骆驼，它不是由上帝创造，而是出自艺术家之手。

那时李山在美国已立定脚跟，他的骆驼开始得到美术馆和私人收藏家的支持，中国移民也啧啧叹赏。这"啧啧"二字并非滥用成语，除了少数人得天独厚，中国新移民都是骆驼，劳苦，沉默，坚忍。哪家墙壁上不挂一幅"能耐天磨真好汉"，或者"若非一番寒彻骨"，可是怎及李山笔下的一步到位、触及灵魂。李山度一切苦厄，修成正果，我辈有为者亦应如是。骆驼何幸，天地间有个李山，而李山不仅有骆驼，还有大地山川、芸芸众生。画廊四壁琳琅，显得李山的空间很大。古人说坐拥书城等于封侯，那天李山站在画中简直就是个小小的国王了。

若干年后，李山定居纽约，他住在所谓"好区"，没有公车地铁，我不开车，见面仍然稀少，但是讯息多了。他不度假，不参加交际应酬，每天沉思，读书，作画，不动如山，倒是应了个"山"字。他不造势求名，桃李无言，下自成蹊，倒是应了个"李"字。几次画展都非常成功，画作被不断选入大部头的、国际性的画集。伪造李山画作的专业人才也产生了，鱼目永远希望混珠。

这些年，这位老学长常常作些小幅花鸟，清新宜人，好像不嗔不怒，接近"万物静观皆自得"的境界。"胸中已无少年事"？倘若如此，但愿如此，我们都要最后与命运和解，释放自己，也释放别人，缺憾还诸天地，天地产生艺术。他早先那种沉重苍茫的画风，我们惊撼，可是也心疼画家。现在的画风仍然脱俗出众，可是令人感到恬淡平和。李山在国内原是名画家，出国后变成大画家，将来也许可以是伟大的画家？有些画家时间越久、距离越远就变得越小，李山可能不同。

可是李山形容憔悴。同来的画家多半养体移气，面貌变化，而今像个员外，李山依旧憔悴。原来他完全素食，而且吃得很少。他只喝清水，拒绝茶酒羹汤。现在倡导低碳生活，表扬出家的和尚，李山的"碳"比苦行僧还要低。他吃素无关宗教信仰，他认为不该为了延续自己的生命而去杀害另一个生命，他质问人有什么资格那样做？他似乎要以自己的生命健康主持公义，这是胸中仍有不平之气？

也许他是把一切飞禽走兽都看成自己的画了，他像珍惜自己的画一样珍惜它们。这样好的画家、这样好的人，一生没有任何享受，我看画画也未必是他的享受，而是他的燃烧。艺术，艺术，你是何物，直教人生死相许。艺术之神不仁，以我辈为吐丝的蚕。鲁迅说，牛吃的是草，挤出来的是奶，他可曾想过蚕都在吐丝的时候绝食。我这样说，其辞若有憾焉，其实是希望有心人想一想，自古以来又有几个这样的艺术家，而今而后是否还能产生这样的艺术家。这篇文字的标题难定，我几乎想用《最后一个艺术家》了。

站在李山的画前，我想到才情、功力和思想境界。

我想，假如有两位画家才情相等，他们的作品应该由功力见高低。假设两人的才情、功力都一样，他们的作品应该由思想境界分上下。

当然，假如（仅仅是假如）两位画家的思想境界相等，那又得由两人的才情、功力决定名次。总之，才情、功力、思想境界，三者都很重要。

画家李山先生 60 年代在中国成名，四十年来忠于艺事，功力深厚，技巧纯熟，无论用墨用水、控线控面、计黑计白、若静若动，都是大家路数。1986 年，我们在纽约相遇，我问他在"那个十年"如何继续作画。那十年，学校解散，教师下放，图书馆关闭，域外的艺术交流断绝，我想他丧失了一切成长的凭借。他回答我："只要上头有天，下面有地，我就能画。"我听了几乎掉下泪来，这就是说，他的画"师造化"，"法自然"，自有不竭的源头活水。

说到思想境界，那就得推重他画的骆驼。他画骆驼和古人画梅兰竹菊一样，有象征，有寄托，看山不是山，看山又是山。李山使骆驼脱离反刍偶蹄类的行列，将之提升到人文的层次。任何人都知道六七十年代中国发生了些什么事，那时的中国人变成了什么样的人，而中国人又凭什么挺下去、熬过来。苦海似乎无边，而中国人终能到达"彼岸"。李山"纳须弥于芥子"，用骆驼展示无量众生的无穷历程，有同情，有赞叹，也有祝福安慰。这样的骆驼单凭天分和功夫是画不出来的。

我想，骆驼难画，论肌肉线条之丰富，它不及马；论姿态表情之变化，它不如猫；论色彩图案之艳丽，它当然不如孔雀。偶一画之则可，以此成为名家则难。可是李山偏爱骆驼，锲而不舍，百之千之，终使骆驼成为艺术形象。

看李山的画，骆驼给我的感觉是：第一，任重道远，昂首长征，比较起来，"压不扁的玫瑰"就显得纤巧；第二，它宠辱不惊，祸福不计，大行不加，穷居不损，比较起来"宁鸣而死，不默而生"就显得躁急。骆驼在最恶劣的天气里行过最难走的沙漠，背负重担，有驱使无怜爱，这种境遇，李山画出来了。骆驼的背上不论有多大的重量，它总是态度从容，不动声色，时时抬头挺胸，似乎要仰天长啸，这种精神，李山也画出来了。骆驼一身皮毛臃肿坚韧，唯有那脸部肌肤如孩童少女，赤子之心，无限生机，若隐若现，这一下子拉近了骆驼和人的距离，对骆驼有了"彼亦人子也"的戚戚之心。这时候，我不免自忖：他画的岂止是骆驼？

骆驼之外，李山也画了许多跋涉万里的男女老少。那些人或骑在骆驼背上，或坐在骆驼身旁，不管经过了多么凌厉的风沙，在日落衔山举火为炊的时候，个个依然朝气蓬勃，精神抖擞，没有沮丧，也没有感伤。日之夕矣，山气阴沉，但余晖之下，眉须有光。

我想，那些年，李山贬新疆，"天苍苍，野茫茫"而众神默默，他与许多"沙漠之舟"朝夕相看，有一天，忽然像庄子那样，不知骆驼是"我"抑或"我"是骆驼，或者忽然像佛家所说的那样，缘起不灭，与骆驼互为今生来世。

李山有许多大画，画成群的骆驼，画面规格为大远景。他渲染荒山大漠，风雪满天，一群骆驼似乎是世间仅有的生物，向命运进发。如果画面上也有树林人家，那也要骆驼回头时才看得到，前景永远是苍茫混沌，"虚无"有时可以占画面三分之一以上的空间，人和骆驼逼处一隅，所受的压力极大。如此这般，李山表现了对人间无限的关怀。他说的那句话，"只要上头有天，下面有地，我就能画"，也就进入了宗教的境界。

1981年年初，李山仓皇来美，一无依傍，但艺术自古有价。他先后在十二所院校演讲，在六大城市展览，六个国家和地区的博物馆收藏了他的作品，风风光光地维持专业画家的身份。这正应了先知以赛亚说的："压伤的芦苇，他不折断。"如果你观察过芦苇，你就知道，芦苇浑身是上下纵列的纤维，所以折而不断，仆而复起。"人是会思想的芦苇"，有思想所以有感情，有感情所以有艺术，从艺术表现其感情和思想，道在蝼蚁，道亦在骆驼。读李山的画，我感悟良多。

二

书画家施卿柔女士创作力很强，不断有作品在各地展出。我在纽约看她的联展、个展，每一次，我都奉主持人王懋公之命站出来讲几句话。一开始，我也兴致勃勃，讲了不少，可是后来，我觉得讲话越来越困难了，因为施卿柔女士的作品越来越进步，我在这方面一直原地踏步，落后越来越远，到今天，已经不能再做她的知音了。

今天，面对这些字、这些画，我想起孔夫子一句话："无友不如己者。"当年有人批评老夫子，说他太势利了，今天想想，老夫子的意思也许是说，你和你的朋友不能相差太多，你的朋友进步，你也得跟着进步，那个不断进步的朋友会像拖拉机一样吸引你前进。"无友不如己者"，意思也就是见贤思齐，只是换了一个角度。

今天在这里，我也想起中国北方的两句俗话，一句是"家有黄金，邻有戥秤"，你家里有黄金，你的邻居有戥有秤，称你的重量。戥，是一种精密的天平，能称出几钱、几分、几厘。黄金少，就用戥子来称。要是几十斤几百斤呢，那就用秤，用大秤——专门称沉重的大件的东西。如果拿黄金来比艺术品，我手上只有戥子，施女士的作品，我已经不能衡量，要请在座的内行方家用你们的大秤。

中国北方还有一句话："家有龙虎，外有山海。"龙要归海，虎要登山，外面天地山川，有你的空间，有你的舞台，海是给龙准备的，山是给虎准备的，客观的条件有了，只等主观的条件投入。今天看，施卿柔具备充分的主观条件。

我在裱画的店里看见一个上联——"江山如有待"，天离地是多么高，东离西是多么远，朗朗乾坤，好像在等什么事情发生。这一句很好，很吸引我，可是没看到下联。后来在一篇文章里看到了，下联是"花柳自逢春"，柳暗花明，又到了春天，我觉得境界小了一点，配不上。再后来看到于右老的一副对联，下一句是"天地更无私"，大气磅礴，好像空洞了一点。青山不改，绿水长流，四面都没有墙，在那里等圣贤，等天才，等英雄豪杰。华山在那里等徐霞客，赤壁在那里等苏东坡，外面的画廊、博物馆都在等施卿柔，她会走出法拉盛，走出纽约市，也走出美国的国门。

预料两年三年之后，又有施女士的展览，我希望还能来看她的字她的画，我也希望不要再让我讲话了，我应该藏拙了。

三

收藏家、鉴赏家牛叔承先生和他的夫人——画家、书法家曲宗玫女士在纽约市皇后区住了二十七年，创作、教学和交游留下许多影响，现在他们搬走了，他们的名声应该长久地留在华人艺文的史册里。

牛先生、牛太太是台北艺术专科学校的同班同学，他们从小对中国书画有天生的兴趣，所以选择了这个学校。牛太太曲宗玫习画甚早，读中学的时候参加"中学生时代画展"得奖。台北的中国画学会创办美术创作研究班，她是第一期年纪最轻的学生，授业老师有姚梦谷、刘延涛、傅狷夫、陈丹诚诸位大家。由于起步早，基础高，所以她进入"艺专"以后成绩出众，后来参加台湾省全省美术展览，在琳琅各作之中脱颖而出，名列第三。

应该说台北的"艺专"以训练美工人才为主要目的，一如政工干部学校的美术系以训练文宣人才为目的，师范学院以造就中学师资为目的。那时在台湾，更高一层的艺术教育还没有纳入学制。尽管如此，台湾仍然有许多艺术家由这三个学校出身，这些人超越了教学的"主目的"。技术性教育固然未曾局限立志创作的曲宗玫，也使对艺术评论颇有抱负的牛叔承蓄势待发。

蛟龙得云雨要从1990年他们正式拜张隆延教授为师说

起。张夫子在艺术史、艺术评论、中国国学方面是当代大师，后来隐居纽约皇后区（张夫子译为"窟音寺"）传授中国书法的香火（张夫子称为书道），负当世重望。曲宗玫来张氏门下习字，本是为了在画上题款；牛叔承来张氏门下读书，本是为了夫妇志同道合、比翼双飞，却因此受益无穷。

张夫子教学，主张学生先从一部碑帖入手，求其深入。曲宗玫喜欢同时写好几种碑帖，看到哪部帖喜欢，看到哪个碑使她感动，马上动手就写。她家境优裕，可以专心，一共写了三十多部，浏览了历代书法的大成，决定了自己"游于艺"的范围，张夫子对此并未禁止。

曲宗玫说，她非常喜爱南碑中的《爨宝子碑》《爨龙颜碑》《瘗鹤铭》，喜爱颜真卿、褚遂良，到了宋代，佩服苏东坡、米芾、黄庭坚，然后要数董其昌。依照她这位画家的看法，临摹碑帖，得其形似，原是很容易的事情，画家都受过严格的素描训练，素描就是以线条移造型于纸上，画家临帖可说事半功倍。画家之难难在"搜尽奇峰打草稿"，以一种造型容纳诸家造型，进而超出诸家造型，这也正是书法家要证的正果。写字作画可说是一种功夫，一样的追求，她受教于张夫子后，画境提高，技法亦大进。

他们居住纽约期间，中国、美国屡次遭逢重大灾害，书画家为了赈灾，多次举行义卖，曲宗玫都热心参与。一位筹办联展义卖的人士说，画家也是"人心不同，各如其画"，有人要三催四请才把字画送来；有人要你上门取件，你还得出钱替他装裱；有人送来他平庸的作品却定下最高的价钱——他故意让这幅画卖不出去，展览期间媒体频频提到他的名字，他占了便宜，展览完毕原画取回，他没有损失。这位人士说，当然这只是少数，大多数人还是在第一时间响应，把装裱妥当的作品送来，定价平实，如果买画的人限于财力，商量减价也可以接受。曲宗玫女士在这方面予人极为深刻的印象。

说到牛叔承先生，他是会让社区人物兴趣盎然的话题。他不写字，不画画，从张隆延夫子读书二十年，在张氏门中恒心第一。张夫子替他选的书单，文学从《诗经》开始，然后汉赋、唐诗、宋词，加上一部《古文观止》。老师由训诂到辞章一一讲解，到了元曲和明清小说就改为学生自己看，提出问题和老师讨论。

文学之外，张夫子也为他讲解《史记》《战国策》《左传》《老子》《庄子》。他说特别是一部《历代画论汇编》，卷数多，内容广，非张夫子不能教，非他这个学生别人也不肯学。牛叔承说，在张夫子的提撕教导之下，他从纵向的经典中找出横向的联系，因而能够左右逢源。现在张隆延教授已作古人，他早年的得意门生都在台湾、纽约授业，局限在书道一隅。社区艺文界谈论者认为，曲宗玫得到他的秀雅，阮德成得到他的遒劲，李振兴得到他的厚重，袁中平得到他的灵动，以上都是为写字来的。说到学问，可以说牛叔承得到了他的通达。有此因缘，他由一个古董玩家转型为一个鉴赏艺术的儒者，在海外他也是张隆延书道和曲宗玫画艺最有力的诠释者。

看生肖画展

牛年得牛

这些年，圣约翰大学的李又宁教授常常提倡文艺活动，连续十二年主办十二生肖的绘画展览，数十位知名的画家提供最新的作品。第一年画鼠，第二年画牛，牛的故事比老鼠多，姿态变化也多，牛跟人的感情也比较深厚，牛年的展览就比鼠年更丰富、更热闹。

牛是我们非常熟悉的一种动物，现在艺术家用他强烈的主观意识给牛一个崭新的精神面貌。这些牛不是上帝造的，是艺术家造的；这些牛不是蒙古牛、西藏牛、河南牛，这些牛是世上没有的新品种，这就是参天地之化育，让我们惊叹，扩大了我们的眼界，给我们许多启发。

都说马的姿态很美，今天来到展览的会场，看见牛的姿态也很美。卧牛、耕牛、奔牛、饮水的牛、舐犊的牛、游泳的牛，每一种姿态都美。牛的故事很多，老子骑牛，有人画，抗战时期我们的伤兵骑过牛，还没人画。牛郎织女天河配，有人画，从前乡村也有人用牛车当花轿，牛也披红挂彩，身上插了许多花，还没人画。老马识途，老牛也识途，早出晚归，夜色渐浓，它知道应该奔向哪一丛灯火，这情景也许应该交给诗人。汽车抛锚了，用牛拖着走，很有趣，一群小孩子跟在后面看，这个画面也许要交给摄影家。

展览会对美术家很重要，就像音乐会对音乐家一样重要，像出版对文学家一样重要。办展览不容易，需要很多的条件，幸亏文教中心有这样一个场地，幸亏有李又宁教授这样的热心人，艺术品和欣赏者可以汇合起来，各取所需，皆大欢喜。

我是属牛的，按照自然规律，今年应该是我最后一个牛年。今天展出的作品，我非常喜欢，看了又看，恋恋不舍。希望这个活动年年举办，不要中断，寅虎卯兔，辰龙巳蛇，先把这一轮十二年办完。十二年后从头再办，到了那个时候，李教授、李院长、李会长呼风唤雨的本事更大了。我预料他除了美术展览，每年要唱一台戏：子年五鼠闹东京——

包公的戏，丑年天河配——牛郎织女的戏，寅年狮子楼——武松的戏，卯年嫦娥奔月……在座就有京剧、昆曲的专家，他一定可以排出戏码来。年年有余，明年会更好，十二年后更是好得不得了！但愿人长久，年年如意，岁岁平安。

附记：我参观画展，应邀致辞，我说我属牛，按照自然规律，这年应该是我最后一个牛年。这天展出的作品，每一幅我都非常喜欢，看了又看，恋恋不舍。在场听众鼓掌，兆钟芬教授马上把她参展的一幅牛送给我。不得了！这真是送礼送到刀口上，这幅画因此成了让我最动心的一幅画，这幅画是我的无价之宝、生死之交。如果我下一个牛年仍能参加生肖画展，我打算把这幅画带去，当着主办人李教授、画家兆教授回顾这一段因缘，给文坛添一掌故，给当天的媒体添一条新闻。

虎年看虎

虎年处处有虎踪，看虎的人络绎。到动物园看虎，虎容倦怠，虎姿萎靡，虎身半卧，虎目半开，它完全不知道值年当令，也不接受远来瞻仰者的热诚。年假期间，雨雪交加，老虎再迎头浇一瓢冷水，留下不愉快的回忆。

到生肖画展看虎，光景不同。画家以生肖为主题作画展出，四壁琳琅，环视皆虎，一虎一姿态，一幅一精神，一人一风格，丰富而集中，仿佛万虎列队，各展风华，受你检阅。万物之灵与百兽之王在此交会，这才有点像开年庆岁的大事，画展能，动物园不能。

老虎很有看头，比去年看牛的人多，虎的号召力大，出门俱是看虎人。"文"这个字本来指虎皮上的花纹，写文章也等于画虎，用的是另外一种画法。我们都是纸老虎——纸上的老虎，我们都在纸上安身立命，秀才人情一张纸，李杜文章也是一叠纸，网页也是广义的纸，所以成"页"，有 P1、P2……

虎年是作家、画家共同的本命年，写写画画都有流派，成一时风气，风生从虎，虎虎生风，换成我们的语言就是管领风骚。"画虎画皮难画骨"，非也，艺术家画虎画皮也画骨，也画血肉，也画神经。"画虎不成反类犬"，非也，画虎不成也像猫，猫也可爱，"爱猫及虎"或"爱虎及猫"的人都有。画虎成功虎像人，像武松、关羽，或者像林黛玉、史湘云。危峰只虎，苍茫独立，亦如陈子昂登幽州台之时；幼虎嬉戏，童趣盎然，或者是我少年不识愁滋味之时。画虎画出人性来，画出人的气质来，民胞物与，本是同根生。这些你到动物园怎么看得见！

没有纸就没有这些虎，可是纸里包不住虎。画画是把立体的东西用线条移到平面上，如果画得好，看画的人又从平面恢复立体，画中的老虎跳出来，在我们脑中、口中、文字中，瞻之在前，忽焉在后；装在文化传播的船上漂洋过海，成为受保护的稀有动物；写在艺术史上，千年以后化为木乃伊。没有纸就没有这些老虎，但有了艺术就不再有纸。这些虎被艺术家驯服了，没有凶性，变成美丽的宠物。我们来看展览，欣赏回味，都可以带几只老虎回去。

马年看马

为什么说"马到成功"？历来成大功立大业的人物离不开马，英雄、宝剑、名马一向并举。人和马一同战斗、一同生活、一同成长，人马一体，合成一个巨人，"人马"连接成一个名词。马到成功，马到人也到，马到精英到、人杰到，于是成功也随着来到。

为什么成大功立大业的都选中了马？马有各种优点，它强壮高大，负重载，走长途，而且速度高，反应快。马勇敢忠诚，和主人有高度的默契，将军上马作战，双手舞动兵器，用两腿两脚指挥他的坐骑，良马自能体察主人的需要，配合战斗。马有惊人的记忆力，人在彷徨歧途时，马去寻归路，在没有水喝时，马去寻水源。所以，"马"是人才的代称，岳飞和宋高宗之间有过"良马对"，句句说的是马，句句指的是人。《论语》说"骥不称其力，称其德也"，这说的也是人。伯乐相马，几乎就是识拔人才的另一个说法。千里马愿意遇见伯乐，也愿意遇见项羽、关公、周穆王、唐太宗，它有入世的怀抱、奉献的热忱。良马配良将，双方都是佳话，也都是幸运。

马年走马运，但愿出货的遇见识货的，买金的遇见卖金的。圣人出，马在马槽里吃草，圣人不出，马在荒郊吃草。良马愿意吃槽里的草，所谓圣人就是它的知遇。马愿意为知己所用，不做隐士，人世的快乐和辛酸、耻辱和光荣，马永远分担。马不负人，英雄也不负马。

马的线条俊美，神采飞动，可能是最美的动物，观赏的价值很高，至少在"六畜"之中排名第一，以下牛羊犬豕不能相比。现在有一种说法，审美标准是白种人定的。也许《蒙娜丽莎》的美是洋人定的，骐骥骅骝之美却是咱们中国人定的。美不美也不尽由人主观制定，机器上的螺丝帽比美女的眼睛好看，鼓吹了几十年也没成立。《新闻周刊》有一篇文章说得好：斜眼、缺唇、癞痢头，任何民族都不认为很好看。

我在辛巳除夕前三天作文，想起成语"虎头蛇尾"。岂止蛇尾不足观，虎尾也是强弩之末，戏剧结尾简短有力，称为"豹尾"。大抵动物的精华全在头部，对付"蛇尾"最健康的态度是早早与"马首"挂钩。马从头到尾都好看，古人称赞马的尾巴像彗星。有位画家画马，专从马后着笔，夸张尾部，很有创意。古人给马看相，认为良马"头方、腹张、鼻大、唇急、耳近、脊强"。前辈大师徐悲鸿所画的马，多半采取此一形象，果然气宇轩昂。

《百年中国画集》里有张鸿飞画马，十五匹马排成分列式队形，看画的人站在校阅的位置，居高临下，想见群马"所向无空阔"，必然"马到成功"。马来！广东画家杨平展出骏马，华裔艺术家李健文在邮票上设计肥马，台湾地区六十一位艺术家以铜、锡、木、草、皮革、陶土、玻璃为材料，塑造成种种"无可名状之马"。《世界日报》艺廊也将展出虞世超的变形马。看马，想起移民委屈了多少上驷之材。一等画家做油漆匠，小儿科名医当保姆，文学批评家当印刷工人，他们都在等待伯乐。

羊杂碎

依中国农历，乙未年十二生肖属羊，美国总统奥巴马向华人贺年，他说："不管你是过公羊年、山羊年还是绵羊年……大家都快乐。"社区的广东茶楼传来议论，这位总统说话俏皮，亲切，没有官架子，民选的元首到底不一样；也有人说，总统代表国家，这种官式谈话还是应该庄重一些，他怎么像个写杂文的！想我当初新来乍到，适逢羊年，也是岁首，老板问我这个羊年是什么羊？山羊？绵羊？公羊？母羊？还是小羊羔？我从未想到这是一个问题。英文为每一种羊命名造字，却没有一个字概括所有的羊，所以成了问题。总统拜年本是为了广结善缘，要尽量周到，不可让任何一部分人产生挫折感，奥巴马总统采列举法，也许正是他郑重其事英文的山羊、绵羊都不是"羊"，倒很像中国名家的"白马非马"，连羊肉羊毛都另外造字，不怕麻烦。英文的这种走势，有学问的人称之为"分析性的语言"，同时称中国的语言为"综合性的语言"，并且认为世界语言正由分析性的语言走向综合性的语言，这句话咱们中国人爱听。无论如何，英文也是很成熟的语言，产生了那么多世界名著，"专有名词"之上应该有"普通名词"统摄，英文一向造字勤快，年年增添许多新字，中国的羊年早晚会提醒他们填补这个缺口。

羊年的"热词"是"三羊开泰"。泰，舒适也，安乐也，畅通也。开泰，转运了，局面扩大了。羊跟开泰有什么关系？本来没关系，羊跟"阳"有关系，"阳"跟开泰有关系，"三羊"既是三只羊，又是《易经》"泰"卦里的三个阳爻，这叫谐音双关。《易经》六十四卦，每一卦有六个符号，"泰"卦开头的三个符号都是阳性，于是形势大好。"三羊开泰"是吉利话，常说吉利话就会发生吉利事。有学问的人说不是迷信，语言影响思想，思想影响行为，行为影响结果，"说曹操曹操就到"，说财神财神也就到。

每逢羊年，许多画家爱画"三羊开泰"，他不能画"阳"，也不能画"羊"，他得画山羊或绵羊，这是绘画的特性，也是传统绘画的局限。经过当年老板的考问之后，我很注意画家到底画什么羊。传统的画，三只羊紧紧聚在一起，好像同心协力的样子，我看见的多半是山羊，大概因为山羊比较阳刚，适合开泰，山羊的特征也比较明显，此外或者也有男性中心的思想。油画或水彩，往往是两只山羊一只绵羊徜徉在草地上，好像互相没有多大关联，也没有什么重责大任需要扛起来，个人自由的色彩很明显。我没见过"三羊开泰"有幼年的羊羔参加，大概因为"嘴上无毛，办事不牢"吧，这完全是成人的观点了。

广州号称五羊城，相传饥荒之年有五位仙人骑羊送来稻穗，然后仙人升天，五羊化为石头。现在广州有一座高大的五羊石刻纪念他们——以一只站立的山羊为主题，四周围绕着两只小羊在嬉戏，一对母子羊在哺乳。这五只羊不是当初仙人的坐骑，雕刻家把它改变了，五羊造型不同，雕刻家挥洒的空间大了，象征着世世代代的传承，寓意也深了。今天画家笔下的三羊恐怕也到了脱出前人窠臼的时候。

值此羊年，天赐话题，《世界日报》以大标题报道，"内蒙古作家升狼烟，轰《狼图腾》"。《狼图腾》是姜戎写的长篇小说，以六百页左右的篇幅深入描写狼的习性和生存技能，凭"弱肉强食"的丛林法则肯定了狼也诠释了蒙古人的历史文化，认为蒙古人有狼性，汉人有羊性。现在内蒙古作家郭雪波公开驳斥姜戎的看法，认为这本书丑化了蒙古人。

蒙古人有没有《狼图腾》，按下不表，汉人有没有羊图腾，跟我们羊年的闲话有些关系。中国人，适可而止，不为已甚，己所不欲，勿施于人，好像是羊，可是轩辕氏怎能率领一群羊开辟鸿蒙？从古至今，那些仁人志士、英雄豪杰、圣君贤相，你能说都是羊？抗日战争、解放战争的前线、后方，你能说都是羊？你可以说汉人本来是羊，汉蒙通婚以后才有几分之几的狼，我也可以说汉人本来是狼，创造了农业文化以后才有几分之几的羊，是耶非耶，一言难尽。

蒙古人都怎样怎样，汉人都怎样怎样，这种口气叫作"全称肯定"或"全称否定"，我所知有限，从来不敢说得这样大、这样满。世界人口已超过六十亿，我认识几个？中国人口已超过十二亿，我了解几个？即便是羊，我也只从两三个品种之中观察过十只八只。不过小说家是可以"以偏概全"的，是可以"充类至尽"的，这是另一类穷而后工，这个"穷"是穷尽一切手段推向极致。《狼图腾》因此名满天下，也因此谤亦随之。

依达尔文的学说，生存竞争，优胜劣败，所谓"优"，看谁比谁更凶猛，看谁比谁更狡猾，看谁比谁逃得更快，或者看谁比谁更会隐藏，这是大自然建立的法则。后来有人引用这个法则来评说人类的生存现象，称为社会的进化论，也有人提出人类社会有"文化保护"，"弱肉强食"受到文化保护的抑制。在人类社会里，狼性未必"优胜"，羊性未必"劣败"。论天演淘汰，金丝雀、波斯猫早该灭绝，人类把金丝雀养在笼子里，把波斯猫养在地毯上，把一些观赏植物种在温室里，"文化"给它们布置了一个生存环境，令它们绵延不绝。即使是蒙古人也养羊，而且养那么多的羊，他们反而把狼射死。

人生得失未必全凭巧取豪夺，老天疼憨人，庸人多厚福，聪明反被聪明误，这些话也无法完全推翻。即使在丛林之中，也有少数个别的例子发人猛省。雄狮是百兽之王，依丛林法则，它应该称心如意，无往不利，其实呢?《圣经》上说"少壮狮子还缺食忍饿"，我看不懂，后来读闲书，才知道狮子威震一方，它往什么地方一站，周围多少米以内的动物都能感受到强烈的肃杀之气，马上远走高飞，所到之处，戒严净街，它想找一点吃的就难了。书本上说，它会饿得受不了，连自己窝里还在吃奶的"婴狮"也吃掉。皇天后土，呜呼哀哉！令人难以想象。

在人类社会里面呢？这种情形就更明显了。若有人太精明，太自私，太凶悍，加上太能干，这种人的远景并不被看好，若说优胜劣败，这些反而成了他的缺点。他可以占许多小便宜，但是大家也防范他、阻挡他、隔离他，朋友不敢支持，长官不敢拔擢，连打牌三缺一都不希望他入局，所有的人形成一个包围圈，瞧着你，等着你，有运气你就一飞冲天吧，或者你就在沾沾自喜中油尽灯枯吧。

看资料，《狼图腾》的作者姜戎先生历经三年灾害、十年浩劫，一生缺少文化保护，个中滋味，点滴在心，这应该是他创作《狼图腾》的原动力吧。他插队内蒙古与狼结缘，找到了文学的符号，别有会心，《狼图腾》应该是他人生经验的隐喻。这一部浩浩荡荡的长篇小说应该是他的"忧愤之作"吧，满纸荒唐言，岂止一把辛酸泪？这部作品能畅销，能在国外得奖，能拍成电影卖座，也算是老天给他的补偿吧。恭喜他！题外之言，点到为止，咱们仍然预祝三羊开泰，不指望三狼兴邦！

这猴不是那猴

到了猴年，咱们对猴子突然充满了敬意和好感，称之为金猴、吉猴、灵猴，金装银裹，改变外观。又利用"侯"字同音双关，画猴子坐在枫树上，说是年年封猴，画猴子叠在马背上，说是辈辈封侯，改变了它的内在。你看，咱们中国人并不马马虎虎、敷衍了事，一不做，二不休，把"猴"的语音改变了，词性也改变了。长得猴美，睡得猴甜，心情猴好，运气猴顺，吃得猴香，熬得猴急，意思是很美，很甜，很好，很顺，很香，很急。十二生肖有个猴年，咱们避不开，躲不过，那就迎上去，改造它，这猴不是那猴，改造它就是改造命运。

我平时很难看到猴子，到了猴年，到处有猴子的照片图画，有机会仔细看看。生肖画展中更是蔚为大观，文字变图画，图画变感觉，感觉洋洋乎溢出图画。猴子的确像人，其实所有的动物都像人，至少它的某一部分像人，或者它在某个时候像人。猪，当它站立不动的时候，单看它的眼睛，像个受苦的思想家。雄鸡，当它左顾右盼的时候，像冲锋过后余悸犹存的军官。牛，辛勤耕作，它是四肢服从、眼睛反抗的汉子。鸟，像人，才有"小鸟依人"这样的成语。狗，像人，才有"徐青藤门下走狗"这样的传言。也可以说，人很像禽兽，某种人像某一种禽兽，或者人在某种情况下像是某一种禽兽，"众生平等""众生一体"之说，也许是从这里得到灵感。

画家本领大，画马牛羊鸡犬豕都画出它的人性。艺术，尤其绘画，能培养民胞物与的心。画家画生肖，人来看画，觉得我们和马牛羊鸡犬豕本是同根生。画猴挑战大，已有的语言歧视负面表述太多，人的成见深。画猴也特别成功，猴子身上"人的成分"明显，进化论者说猴子是我们的表亲。艺术将神造的猴子变成人造的猴子，将山上的猴子变成纸上的猴子，将动物学的猴子变成美学的猴子。没人愿意把猴子养在家里，但是愿意把画挂在客厅里，没人专程到动物园看猴子，但是愿意到画展来看这些画。

猴年，报纸、杂志、电视、网络上有数不清的猴子，最好的猴子还是在这里，发扬人性、培养慈悲，体验上天的好生之德、不忍之心。十二生肖无贵贱，生一个孩子属牛，再生一个孩子属兔，他不会想到牛比兔子值钱；生一个孩子属龙，再生一个孩子属老鼠，他不会想到龙在天上，老鼠在地洞里。不管属什么，十月临盆，天下父母心，都是迎接一个新生命，生命的价值相等。什么人说过，如果不能拿动物当人，就会拿人当动物。来看画吧，学习拿动物当人，从猴子开始。

鸡鸣一声

鸡年，画家应景，照例画一只雄鸡，雄鸡羽毛的色彩丰富，形象也撑满画面。没听说谁画母鸡，也没听说中国的女权主义者提出抗议。鸡年的生肖画雌雄平均，连雏鸡也有地位。十二生肖谁最漂亮？将校说是马，农工说是鸡，龙并不好看，凤好看，据说凤的原型就是公鸡。我不做研究，只是茶余饭后，道听途说。记得小时候，家中杀鸡是大事，如果杀公鸡，小孩子都来抢鸡毛，都想要最长的那几根，一根鸡毛可以拿在手上玩一个月。鸡最能代表农业社会的小家庭，雄鸡是那么勇敢、负责任，母鸡是那样慈爱，小鸡是那样讨人喜欢，充满了希望。雄鸡走在前面，高视阔步，后面母鸡带一窝小鸡，"咕咕咕"，"唧唧唧"，两代合唱，温馨。"家"这个字惹人议论，宝盖下面为什么是豕（猪）？我认为应该是鸡。我早年流浪在外，常常看见鸡想家，看见猪我不想家。

咱们大概都有黎明前听见鸡叫的经验，雄鸡的叫声洪亮优美，朝气蓬勃，是世界上最可爱的闹钟。据说制造军号的人就是从雄鸡得到灵感。"鸡先远处鸣"，总是一站一站传过来，万鸡起落，声闻百里，引发人的豪情。我们的社会生活也仿佛这样，同声相应，同气相求，形成风气。鸡年生肖画展的现场配音最好放送鸡鸣，"雄鸡一声天下白""闻鸡起舞""风雨如晦、鸡鸣不已""鸡声茅店月"都录了音，拿到这里来放送。

公鸡老了，到某一个年纪就不叫了，就像老母鸡不生蛋了。我这只公鸡已经老了。从前种田的人家养鸡，过年过节杀鸡加菜，先杀不叫的公鸡，再杀不生蛋的母鸡。我们社区慈悲，敬老尊贤，恤老怜贫，对不叫的公鸡、不生蛋的母鸡很客气，还鼓励我叫：来来，叫一声，试试看。

年年看十二生肖画展，我一年一年度过。人生不是一条抛物线，人生是一个圆周，由起点到终点，你以前经过的事情，后来再经过一次，并不重叠，前后遥遥相望。

"十犬十美"看画展

　　岁在戊戌，生肖属犬。新春网上流行的贺词是"十犬十美，旺旺旺旺！"年成好，人人运气好，俗称旺年，犬吠汪汪，也是同音双关，千方百计图个吉利。中国字同音多，吉利话也多。在纽约，李又宁教授一年一度主办生肖画展，已成为大众的期待。今年佳期又到，进场一看，大厅四壁一半是西画，一半是国画，全是狗，狗进了画，都是美。得此因缘，琳琅一堂。场地不算大，但网络时代的空间观念超出建筑物的局限，进场的爱画者人手一机，已经立刻把他们心爱的狗送到千门万户、天涯海角。一传百，百传万，一个人做的事，全人类都可以看。

　　今年参展的画家，国画部分以王懋轩教授和他的得意弟子为主。他参展的一幅画，红瓦粉墙半掩于花木之中，一只母狗带领两只小狗守候门外，题词曰"盼主归"，恰是基督徒的声口，善良的愿望溢于线条色彩。西画部分以张哲雄会长和他的杰出会员为主，他以野外一株伞状大树为主景，树下一男子沿小径绕树而行，已到树前，一只家犬远远相随，尚在树后，相互形成画面的张力与均衡，好看。他俩是今年生肖画展的两大支柱。

两者之外，尚有画坛名家方书久、大泽人、兆钟芬、朱云岚等人应邀前来，共襄盛举。大泽人教授所画的狗，直立人行，用他从隶书发展出来的线条使今年的生肖犬穿着方形的大红袍，迈方步，很像是京剧中的卿相。用他自己的说法，他"从传统中越雷池一步"，饶有创意。兆钟芬教授进一步发扬了也提升了民俗趣味，两只白狗，脚下踩着绿地，草丛里闪烁黄金，口中衔着招财进宝的红色斗方，煞有介事。这位祖母级的画家，色彩特别鲜明，线条特别遒劲，朝气焕发，好像带领我们向流年迎战。

我在会场里想到，去年鸡，今年狗，有人说是鸡飞狗跳。鸡飞狗跳也是生活，也是生命力，也是对挑战的回应，吹皱一池春水，因为来了春风。还记得解放战争中深入农村，不见鸡犬，非常安静，也非常恐怖，因为人类社会不应该那么安静。我在会场里想到，当年有一句话，"华人与犬不得入内"，那是我幼时最重要的爱国教材。现在看见华人进来了，排华的法律取消了，亲属移民放宽了，华人社区一个一个出现了，"华美族"这个名词也成立了，然后，我们看见美国邮局农历年发行的生肖邮票，美国财政部农历年发行的吉利钞票，狗也堂而皇之地进来了。我们的农历年，经众议员孟昭文女士提案，国会承认了，公立学校也放假了。

大年初一，美国总统特朗普发表农历新年贺词，他说："全体美国人民与亚洲及全世界所有庆祝农历新年的人们，一同庆祝狗年新春。"那段话很长，也很典雅庄重，不折不扣地像个总统。他说："狗代表着正直、可靠、诚实等品质，这些品质同时也是全体美国人称赞与珍视的。这些品质构成美国国力与繁荣的基础，也引导着美国与邻国、友邦以及伙伴国家的发展关系，美国将继续秉持这些价值观。"（《世界日报》译文）

你看，狗也进来了。狗年流行的贺词有了一份英文版：Go go go, won won won!

第六辑

书法

漫谈书法欣赏

临　帖

　　书法家大概都临摹过王羲之的《兰亭集序》。当年羲之先生乘着酒兴一挥而就，字写错了，涂改，字写漏了，在旁边添上。后人临帖，故意写错涂改，故意脱漏增添，我觉得奇怪。有学问的人告诉我，整幅《兰亭》有整体的美，改错补漏也是构成整体美的零件，我们临帖时想象羲之先生书写的过程，亦步亦趋，紧紧跟随，体会、吸收那美的形成。

　　一个字有一个字的美，整幅字有整幅字的美，改变一个字，可能丧失了这个字的美，更可能局部影响全体，破坏了整幅字的美。在这种考虑之下，字形比字义重要，所以这种美被称为"形式美"。《兰亭集序》说"一死生"是虚诞，

"齐彭殇"是妄作，对佛家、道家并不客气，但后世佛道学书仍然临摹《兰亭》。王家后代出了一位禅师，继承并发展了王家的书法，可能是那时临摹《兰亭》次数最多的人。再看《石鼓文》，内容歌功颂德，可是那些"安能摧眉折腰事权贵"的人不在乎，照样一笔一画写《石鼓》。再看甲骨文，记载占卦的吉凶，有些书法家知道"菁，枯草也，龟，枯骨也"，照样也一笔一画、诚心诚意地写甲骨。这时写字的人都不在乎内容的意义，重要的是摄取形式美。

我看过一位牧师写的毛笔字，问他怎么牧师也临《兰亭》，他说"恨王羲之没写过主祷文"。然后，他说："我以后写主祷文可以用兰亭体。"听他这句话，我知道他明白形式美是怎么一回事了。《兰亭集序》变成"兰亭体"，就摆脱了文字意义的瓜葛，成为天地间的一美。只是修到那一步谈何容易！

书法本身是不说话的，这里有一幅字，写的是一首唐诗，那是诗在说话，不是书法在说话，那首诗的意义不能决定那幅字的高下。字有意义，字并不等于书法。王羲之写"奉橘三百枚"，他的字是无价之宝，我写"黄金三百两"，反而不值一文。黄山谷（黄庭坚）有一部帖，提到他爱吃苦笋，大家都爱看，如果我也写一幅字，写我吃满汉全席，能比他更受注意吗？黄山谷写《范滂传》，一连写了三个"恶"，都"不恶"。《兰亭集序》里面有"痛哉"，有"悲夫"，从《古文观止》里读这篇文章，感受到痛和悲，看王羲之的法帖，忘了痛也忘了悲。原来，书法的价值不在字的意义，它另外有一个重要的成分——形式美。王羲之的字那么了不起，大部分是因为形式美，小部分是因为其有历史价值，至于他写什么，并不很重要。

我们不一定会写字，但一定要会读帖，把字帖当书一样读，受它的熏染。我不会写字也喜欢读帖，一部法帖百看不厌，教人探幽寻胜，流连忘返，教人心旷神怡，宠辱皆忘。欧阳询给我堂堂正正、严阵以待的美，黄山谷给我纵横捭阖、奇正互用的美，铁线篆给我简洁挺拔的美，行草给我回环往复的美。有一天，你的议论文居然可以纵横捭阖、奇正互用了，你的抒情文居然可以回环往复了，你的文章跟那些法帖的内容没有关系，但跟那些书法的形式美有了神秘的连接。这是怎么一回事，谁也说不清楚，只能说"祖师爷赏饭吃"，恭喜你了。

对 比

在我心里，书法和文学常常互相对应，我读《诗经》《楚辞》的时候想到周鼎、秦篆，我读李杜元白的时候想到颜柳欧赵，我读《后汉书》的时候想到黄山谷。我爱看书法家写字，用老颜体写"星垂平野阔，月涌大江流"，用泰山《金刚经》石刻体写"天地有正气，杂然赋流形"，用秦篆写"天行健，君子以自强不息"，用行书写"空里流霜不觉飞，汀上白沙看不见"，带飞白，用《天发神谶碑》体写"江流石不转，遗恨失吞吴"。他们怎么看得这么透彻，好像为那两句诗拍了一段电影，意义催化形式美，形式美反馈意义，两者泯合了。

书法跟自然的渊源，书法家留下许多记录。据说，看两条蛇缠斗可以改进草书，看鹅在水里游泳可以改进行书。据说，书法里有某种昆虫往前爬行，有兔子急忙逃走，有风吹过，有雪花飘，有老虎蹲着不动，也有大象一步一步走路，还有"奔雷坠石，草蛇灰线"。人心七情、宇宙万象怎能不离线条，书法简直像心电图、地震仪了。线条到了中国人手里怎么这样神秘，伏羲氏一划开天不由你不信。

文学作品也有"赓续性"，也叫气、文气。文章也在形体气势上相互联络接应。文章可以七窍相通，呼呼生风，可以长江大河，一泻千里。它的结束不是结束，用杜甫的说法，"篇终接混茫"。它的开始也不是开始，用李白的说法，"黄河之水天上来"。难怪现代人说文学作品是有机体，损坏了一部分就是损坏了全部；难怪古人说写文章犹如腕底有鬼，下笔不能自休，所以，原则上我不赞成文摘或缩写。

若从结构着眼，书法家的一个字就像是一篇小品或一首小令，书法家的一幅字就像是一篇小说或一个剧本。书法的结体布白，文学的章法布局，到了这个形而下的部分容易对照比较。尝见在美国成长的华人后代，一旦成了新闻人物，中文报纸的记者常常拿他的中文签名照相制版，登出来给大家看。他写的字像没有箍的木桶，或者说像马上就要倒塌的房子，这是写字的大忌，也是作文的大忌。郑板桥的书法有时故意犯忌，玩弄危险的平衡，这倒也是戏剧、小说常用的手段。

人生和自然都有大美，"天地有大美而不言"，艺术家心领神会，终身取法，取之不尽，用之不竭。老天爷是大创造，艺术家是小创造，所有的艺术家他们共同的祖师爷是"天"，也就是师造化、法自然。这时候我才了解，为什么说书画同源。书画同源并非因为古人造字从象形入手，一个字就是一幅图画，也并非因为书画都用毛笔，工具相同所以技术相通，书画同源的这个"源"是指它们俩都师造化、法自然，它们是一个师父教出来的徒弟。

更进一步说，不仅书画同源，所有的艺术都是同父异母的兄弟姐妹，彼此各有各的面貌，身体里面都流着父亲的血。如果艺术是一个家族，音乐应该是大姐，中间一排哥哥姐姐，我们文学排在最后，是个小弟。我们也师造化、法自然，造化自然是艺术作品未形成前的本来面目。诗在功夫外，书法也在功夫外，音乐、舞蹈、雕塑都在功夫外，这个"功夫外"，据我理解，就是师造化和法自然。

赓续性

"赓续"是咱们的祖产，"赓续性"是翻译家的新词，指连绵不断。为什么不说继续，不说连续呢？继续是前一个结束了，穷尽了，后一个接上去，好像一支蜡烛点完了，灭了，换一支蜡烛点上。大自然并不是这个样子，它是深更半夜的时候昼就出现了，白就来稀释黑了，黑白双方以可以用百分比计算的方式消长，直到日正中天，夜又来了，黑又出来悄悄地给白染色了。这是生中有灭，灭中有生，过去之中有现在，现在之中有未来，所以另外立一个名词，表示这种特性。

咱们古圣先贤在这方面的体会很深刻，他们老早就说，阴中有阳，阳中有阴，福中有祸，祸中有福。生死兴亡都是有无相生。他们制定历法，居然在最冷的时候立春，立春以后还要下大雪，再过一个多月到春分，才代替冬天。他们在最热的时候立秋，立秋以后还是汗流浃背，再过一个多月到秋分，才代替夏天。我们把一天分成昼夜，把一年分成四季，把一生分成少年、中年、老年，把历史分成古代、近代、现代，都是人类为了自己方便勉强划分，其实它本来浑然一体。

古代的艺术大师教我们法自然，向大自然学习，其中最要紧的一课是学它的赓续性。以书法为例，一个字并不仅仅是一个字，第一个字还没写完，已经开始写第二个字了，第二个字还没写完，已经开始写第三个字了。他写第三个、第四个字的时候，也还在写第一个、第二个字，每一个字除了本身的完成，也都是上一个字的成长，下一个字的诞生。他写到最后一个字并不是结束，他写第一个字的时候那也不是开始。在他写到最后一个字的时候，许多字在他的笔墨之间逆流而上，他写第一个字的时候，有许多许多字在他笔墨之间顺流而下。

书法家好像把这种赓续性叫"气"，没有气，整幅字就瘫痪了。王献之的《中秋帖》，现在剩下三行二十二个字，有人说这二十二个字是一个字，也有人说这张帖是一首曲子，反复变奏，一气呵成。王羲之的字当然好，可是一个一个从帖上剪下来，拼成《圣教序》，就没那么好。这时候，每个字独立存在，也孤立存在，气断了。

子在川上曰："逝者如斯夫，不舍昼夜。"他对大自然的赓续性发出赞叹，后事如何，不得而知。历代书法家如何法自然，倒是留下很多记录。我们看法帖，能够体会他们的吐纳修为，致力于把大自然的赓续性转化为书法的赓续性；我们读帖，再从中寻求还原大自然的赓续性，涵泳其中，形于创作。不仅书法能给他这样的帮助，音乐、美术、舞蹈、戏剧都能，因为八大艺术都要法自然。

展 览

我爱看书法展览，来到书法联展的会场，满眼都是老头。出门在外跑码头不兴留胡子，可是斩草不能除根，那唇上一把青，唇下一把青，分明俱在。未看墙上的点撇捺，先看脸上精气神，书法家都长寿，有资料说，平均寿命比高僧多七年，比皇帝多一倍。写字也是运动，四肢百骸都用力；写字也是养气，五脏六腑都受用；写字也是修行，清心寡欲，脱离红尘烦恼。

那年，书法家丁兆麟先生一百岁，他的夫人丁纪风女士是画家，九十八岁。他们的学生、他们的朋友，用一次规模盛大的展览展出书画精品，来祝贺他们的大寿。大家是来拜寿，也是来欣赏书法艺术的。在我们中国，百岁的寿星是人瑞。"瑞"是一种现象，这种现象一出现，你就知道吉祥如意来了，天下太平来了，大家的福气来了。灵芝草是植物的瑞，凤凰是飞鸟里的瑞，麒麟是动物里的瑞，百岁老人是人瑞。从前有皇帝的时候，什么地方发现了祥瑞，地方官要报告皇帝，皇帝有赏赐。现在我听说，美国公民过一百岁生日，他的子女可以写信到白宫去报喜，白宫会寄一张贺卡，上头有总统的签名。

这天，大家来给丁老师、丁师母拜寿，丁老师是麟，丁师母是凤，他们两位都是祥瑞。丁老师发出通知，他不收任何礼物，所以我们不必报告皇帝，不必报告白宫。这些敬爱丁老师、丁师母的人，你告诉我，我告诉他，大家都来了，带来喜乐的心，带来羡慕的心，来分享丁老师、丁师母的福气。丁老师不收任何礼物，有一样礼物他没法拒绝，那就是大家热烈的掌声！

按照中国人的风俗习惯，大家给丁老师祝寿，同时也是给丁师母祝寿，这叫双寿。看这两位大寿星立如松，坐如钟，谈笑风生，处变不惊，"西望瑶池降王母，东来紫气满函关"。真是如冈如陵，如月之恒，如日之升。我们看了人人高兴，觉得生命很充实，很有保障。看同门同好加上弟子，都是长寿的人，都有长寿的相。这真草隶篆、颜柳欧赵，都是你们的长城，都是你们的宫殿，一步踏进你们的领土，我觉得伐毛洗髓、飘飘欲仙。看四壁琳琅，每一笔每一画都是灵芝仙草，每一个字都是长寿的密码，每一幅字都是长寿的宣言。这些对联、条幅、横帔、斗方，互相呼应，来一次长寿大合唱。

长寿的秘诀，百家争鸣：要长寿，吃羊肉；要长寿，多看秀；要长寿，来念咒；要长寿，走透透。来到书法联展的会场一看，要长寿，别管合辙押韵，去买几支毛笔。

海外也时常举行联合展览，书法作品从中国台湾、香港来，从加州、德州来，从伦敦、巴黎来，万木一本，万水一源，都是一种文化哺育出来的孩子，都是一个老师教出来的学生，都是用同样一支笔创造出来的书法艺术。人不亲笔亲，笔不亲纸亲，纸不亲墨亲，一点、一撇、一钩、一捺都亲。海外看大书家写字，看五千年来家国、十万里地山河，看上通天心、下接地脉，看前有古人、后有来者，看知音见知音，看同本同源同气同声，看中国的人、中国的心，看真正的中国文化人。

倾 听

心理学家劝人倾听，善于倾听的人容易交到朋友。看书法，我总会觉得它在听我的意念，打开书本，感觉恰恰相反，我得听它的。

文学家为什么总是说个不停呢，因为他用的是语言文字。语言文字是思想感情的符号，它有意义，我们一提笔就想到意义，最后的完成也是把意义很完善地表达出来。世界上有很多事情非说不可，佛法不可说，不可说，还是说了四十九年，不能靠那五分钟的拈花微笑。"天地有大美而不言"，我们偏要滔滔不绝；"四时有明法而不议"，我们偏要喋喋不休；"万物有成理而不说"，我们偏要下笔千言、下笔万言。这是我们的优势，只有文学办得到。你能用音乐推销房地产吗？不能！你能用舞蹈吵架吗？不能！你只能用语言文字。

这是我们的优势，也是我们的弱点，我们跟"意义"纠缠，一落言筌，陷入逻辑思考，跟美感有了矛盾。我们的实用价值大，实用跟审美有消长关系。有人说，艺术有时似是而非，有时似非而是，其实艺术不是"是"也不是"非"，艺术是那个"而"。说得好！那个"而"又是什么？据我理解，那个"而"就是横看成岭、侧看成峰，就是羚羊挂角、无迹可寻，就是超乎像外、得其圜中，就是说即无说、无说即说。这样，实用价值就小了。文学在这方面先天不足，因此后天要特别努力。

可是，文学既然实用，你偏偏要它不能实用，这事就费劲了。人人说文天祥的"留取丹心照汗青"比李后主的"挥泪对宫娥"写得好，这个"好"，指他说出来的话意义重大，不是诗作得好。报社征文，"你怎样支配你的年终奖金？"得奖的文章说，他把这笔钱捐给为灾民募寒衣的慈善团体了，因为这年冬天很冷。落选的文章说，他用这笔钱给太太买了件新大衣，因为当年结婚的时候，新娘的行李箱里头放的是一件旧外套，他到今天才有能力补偿。评审委员认为捐款救灾比较好，这个"好"也是意义好，不是文章写得好。

想当年初学乍练，老师教我们写字，也教我们作文，我总是认为这两门功课没有多少连带关系，上作文课，文字是工具，上书法课，文字就是成品。老师说有三个字最难写，飞、为、家，要把这三个字写好，得花三年工夫，可是我们学习使用这三个符号，只要三天。为什么有这么大的差别？花三天工夫学会了的符号，为什么要继续再写三年？就是为了写得"好看"，追求形式美，这就由实用变为欣赏。倘若要做书法家，恐怕得写三十年。"欣赏"的天地高阔，超出实用者多矣。

有一年，我服务的那个机构开庆祝会，筹备人员有一番商量：请谁来弹琴？请那弹得最好的。请谁来跳舞？请那跳得最好的。请谁来玩魔术？请那玩得最好的。大家的想法都一样。他们如果找人写匾额楹联，恐怕也得首先考虑书法水准吧。到了"谁来致辞"，大家思路一变，上台致辞的人要深明大义，要善解人意，讲出话来对上对下都能讨好，至于他的口才怎么样、修辞水准怎么样，倒在其次。从这件小事可以看出社会的态度，对音乐、舞蹈的要求偏重欣赏，对文字语言的要求偏重实用。

读者希望从文学作品中找到对他有用的意义，那是他的权利。作者能够满足他的愿望，那是天作之合、今世美谈，令人翘首期待。作家在写作时有意附和实用，风险很大，意义会成为明日黄花，写作仿佛夕阳工业。满足实用，容易，满足欣赏，难。长期依赖实用，避难就易，会使作家的技巧退化，文学将失去自己的特性。

看人写字

一

　　"英雄到老都学佛"，这句话的正典是"英雄到老皆皈佛"，人民大众照自己喜欢的说法把它修改了，他们才不管你的平仄，正如把"每下愈况"改成"每况愈下"，不管你的《庄子》。

　　我曾经再改一个字："英雄到老都学书"，拿起毛笔勤习书法。这是杂文笔法，记述我对老人中心书画班的主观印象。老人习字的风气很盛，出了多位质与量俱高的高材生。他们是英雄吗？这就说来话长。一位有学问的人说，人人有个英雄期。据说英雄宁可砍头，不愿白头。江水悠悠，现代英雄的项上头颅砍掉难，白掉容易，秋风中的荻花，需要在天地间重新定位。

英雄到老都失眠。譬如说，他曾经是一位大老板，现在是光阴的俘虏。失眠，胸口胀闷，消化不良，成为一组症候群。他不能再支配什么，不能再改变什么，忽然发现自己如此无能、无用，活着没有意义。夜深忽梦少年事？其实少年事使他连做个梦都难。怎么办？有人劝他打牌，在牌桌上他只占四分之一而已。有人劝他下棋，他在棋盘上只占二分之一而已。打完了牌，下完了棋，他还是睡不着。

有人劝他写字，这一回对了症！拿起笔，他又抓住了令牌。摊开纸，他又亲临沙盘商场。磨墨如练兵，落墨如调兵，结体布白如布阵，计白当黑，计黑当白，如反复冲锋。世上哪里还有一个地方让你说黑就黑，说白就白？这里有！哪里还有一个地方由你要长就长，要短就短？这里有！世上居然还有这样一个地方任你挥手直前，所向无阻，乘兴而行，兴尽而止，即使当年统帅十万大军也没有这样称心如意，所以，每次写完一幅字，他都觉得是一次全胜。于是，他的症候群不药而愈了。

英雄到老都烦躁，难沟通，为了芝麻绿豆发脾气。求医，医生说老年人动脉硬化，要小心。这颗心随着年龄收缩，到现在还能剩多大？怎么能再小？正因为太小，载不动许多愁，溢出来。有人劝他逛赌场，赌场奉送赌本，他去了只看热闹不下注，回来净赚，亦乐也，天天去报到，日子很好过。怎么能为了这一点小钱也志得意满，辱没了这一生的江湖风涛！

有人劝他写毛笔字，陶情怡性。毛笔字？想起不穿开裆裤的那一年。毛笔字？他一直以为返老还童是个贬义词。不妨去看看，走进书画班的大门，扑鼻一阵墨香，青山老屋的气味，几乎令人失魂落魄。老师示范小篆，笔画很长，笔尖顺着帖走，曲折宛转，始终一样粗细，令人遥想伏羲氏用树枝在地上画卦。动脉硬化？硬化无妨，只要顺畅，像篆字的线条一样。他坐下了，天天写篆字，联想他的动脉；天天写篆字，忘了他的动脉。动脉还在硬化吗？脾气倒软化了。

我想，如此这般大概还是一个初阶，师父领进门，修行在各人，起初是师渡，后来是自渡。现在什么事都注意安全，"学书"最安全，远离交通事故、空气污染、原子辐射、化学物质。现在什么事都讲成本效益，"学书"的成本很低、很低，一沓宣纸、一瓶墨水、一支毛笔，几十块钱；它的效益很高、很高，"至于极也，亦非口手可传焉"。

二

书法是什么呢？我是否可以说，书法就是线条的组合，所谓书画相通，即两者都出于线条。硬笔也可以画出线条，硬笔线条和软笔线条不同，各有特色。我是否可以说硬笔软笔也相通？

硬笔难表现墨法水法，这话没错。是否离开墨法水法就没有书法？甲骨呢？石刻呢？铜器铭文呢？铁笔刻成的印章呢？如果我说中国书法"本来"是硬笔的作品，是否强词夺理？如果我说中国书法"也有"硬笔的作品，是否游谈无根？

如果书画可以相提并论，炭笔画、蜡笔画、铅笔画都用硬笔，水彩画用软笔，油画软硬兼施。水彩画的成就，蜡笔不及，蜡笔画的趣味，水彩也尺有所短。油画一览众山，也得有群峰罗列环绕，方能蔚为大观。软笔、硬笔都以自己的特性加入绘画家族，建立自己的审美价值，硬笔也可以凭自己的特性加入书法家族。

硬笔软笔未必绝对互相排斥，可以我中有你，你中有我。我总怀疑那些书法大家对硬笔线条并未忘情，我是否可以说，"屋漏痕"是毛笔线条，"锥画沙"是硬笔线条？他们为什么用"铁画银钩""长枪大戟"形容毛笔字？为何有"铁线篆"？"力透纸背"何以成为褒义词？他们心里想的难道不是一个"硬"字？

我想，钢笔、圆珠笔受歧视，恐怕是因为"外国进口，非我族类"。若是在"欧母画荻"以后中国发明了硬笔，今天就无须多费唇舌。到今天为止，多少人仍然觉得宫灯美，日光灯不美，扇子美，冷气机不美，小园曲径美，高速公路不美，风筝美，飞机不美。无以名之，这是审美的"血统论"。

我是否可以说，毛笔、钢笔、圆珠笔，凭着线条，千里姻缘，百代血脉。我是否可以说，毛笔是硬笔的祖国，硬笔是毛笔的移民；毛笔是硬笔的法身，硬笔是毛笔的应身；毛笔是硬笔的古装，硬笔是毛笔的时装；毛笔是硬笔的老年，硬笔是毛笔的青年。譬诸音乐，硬笔是简谱，毛笔是五线谱。譬诸自然，硬笔是"删繁就简三秋树"，毛笔是"领异标新二月花"。

硬笔也是书写工具，从艺术工作的角度看，多一种书写工具就多一种表现方法。工欲"富"其事，必先"多"其器。雕刻得用几把刀？作战得用几种枪？做学问得会几种语言？摄影得有几种镜头？连打毛线也不能只用一种针，连做菜也不能只用一种锅。写字，全国十几亿人怎好只用一支笔？纵然十几亿人可以用一支笔，又怎能使国外四千万华人也用那支笔？

要欣赏硬笔，要善用硬笔，硬笔增加书法的一彩一姿，硬笔是资产而非负债。用硬笔写出毛笔的韵味，用硬笔写出独有的韵味，由实用发展提高，带领硬笔族喜欢写中国字，把中国字写好。只要他肯写中国字，就要拥抱他、帮助他，你还挑剔什么？宁见有人用圆珠笔写"中华"，不愿见有人用毛笔写 China。利用硬笔扩大中国书法的空间，使写中国字的人没有自卑感，只要能写中国字，只要能把中国字写好，管他硬笔软笔，都是好笔。

毛笔有优势是因为出了那么多书法家，毛笔能产生书法家，是因为有人把毛笔的特性发挥到了极致。如果有人把钢笔的特性发挥到极致，钢笔的线条也有阴阳刚柔，也可以写出毛笔的韵味。圆珠笔没有弹性，它的线条是一根"铁线"，善用者可另作发挥，"天才不要它没有的东西"，写出颜柳欧赵、苏黄米蔡之外的韵味。硬笔字也可以产生书法家，引起模仿，代代有不同层次的善书者，连连绵绵。

三

都说中国文字美，我认为那是因为历代碑帖才美，因为王羲之、柳公权写过才美，当代诸位书法家保存了、发扬了、见证了中国文字的美。没有书法，中国字照样可能很丑。

书法不等于写字，书法使字成为艺术品，看书法家写字好比看魔术大师点铁成金，表演只在一瞬间，表演者要多少个"三更灯火五更鸡"。当年在台北看书法家挥毫，他一笔下去有人喝彩，说是能写出这一笔来要二十年。另一个人问：我怎么看不出这一笔好在哪里？对方回答：能看出这一笔好在哪里，也得二十年！

我读私塾也写过字，练字样本由老师精选。己所不欲、勿施于人，己立立人、己达达人，人一己百、人百己千，他喜欢看我们写"人"，成人之美，与人为善。这些话他叫善言，禹闻善言则拜，书法家闻善言则写。有些字，像奸盗邪淫、人比人气死人、人不为己天诛地灭，他不准写，他说写这些字不可能把字写好，这番话对我很有影响。张献忠的《七杀碑》不知是谁写的，"杀杀杀杀杀杀杀"，不管颜柳欧赵，不论结体布白，都不可能有书法的美感。传说于右老写过"不可随处小便"，这幅墨宝不知流落何方，很担心它不好看。传说这六个字被人剪开重组，裱成"小处不可随便"，不知它是否因此就好看了？

有一个书法班举行书法比赛，我去参加评审，发现那书法班的主持人和我当年的塾师同一步调。他规定参赛人一定要从一位慈善家的语录里面选一句话来写，他教学的理想是每一句话都善，每一幅字都美。我想起我的塾师，对我而言这是奇妙的因缘。恰巧那天媒体传播一条新闻，说是有人主办选举"当代最美的男人"和"当代最美的女人"的活动，结果"最美的女人"由这位主持人崇敬的那位慈善家当选。消息传来全班哗然，认为这位慈善家也不年轻了，社会为何要用这样轻佻的态度对她。我当时急忙缓解，我说这位慈善家每天行善，时时刻刻想怎样行善，人在心里有善念的时候一定很美，人在行善时最美，常常行善的人用不着买化妆品，把"最美"的冠冕加在这位慈善家的头上，并不失庄敬。

四

我很赞叹书法家，他只有一根线条，这根线条宛转曲折，变化出无穷无尽的姿态，竟然像符咒一样使我们出神忘我，看见阴阳，看见古今，看见天地山川、花草树木，也看见人，甚至看见人的灵魂。

有几个人，三十年来一直在写字，我在展览会上一直看见他的字，彼此都可以算是有恒。我在看字的时候，觉得这面墙等着挂他的字，他的字也等着我来看，三者仿佛有约。我忽然有一种责任感，他的字不能负了这面墙，我不能负了他的这幅字。三十年来，我看见他的字成长，如同一株花，先是冒出地面，接着伸出枝干，慢慢展开绿叶，忽然结成花苞。这花一定是球根，老天预先给它一个球，里面有它幼年时期的营养，它开完了花，自己也为下一代留下一个球。

这个球根就是传统。中国书法源远流长，学习书法要从上游开始临摹，要求"无一笔不似古人"，但是人的肌肉不能像钢铁机械那样准确，人也有个性，无论如何努力，还是会在临摹的时候留下自己的色彩。那时看书法，我看他"个人中的传统"。日积月累，他的"自己"在传统中发育成长，要求"无一笔似古人"，但是由于"种种昨日，都成今我"，自己的面目中仍然留下古人的遗传。这时看书法，我看他"传统中的个人"。这种消长变化发生在朋友身上，你会觉得特别可爱。

对现代书法来说，只有传统是复印，只有个人是涂鸦。必须有个人，传统背景下的个人，秦汉魂魄、唐宋衣冠、明清文采的个人。"先看个人中的传统，后看传统中的个人"，我在书法展览会上这样说了，座中有位名家听了脸色一沉，好像窗户拉下了窗帘。我明白，这是因为这两句话我想到了，他没想到，或者他想到了，还没说出口，而我先说了。这证明我的两句话没有错，站得住，可以写在这里。

五

我喜欢看人写字，我是说用毛笔写中国字。毛笔字伴我长大，萍水相逢也如同见到亲人。我也常劝人写字，以书会友得道多助。也可以不拜师，不展览，不求名声，欣然自得就好。至少，在任何场所遇见中国书法都要看上两眼，像你在街头遇见美女那样。书法里有中国人的灵魂。

我也看人写经，不说抄经说写经，应该有尊敬的意思，也应该因为有书法家参加进来。詹秀蓉居士以写经闻名，我看过他的两次展览。他用工整的楷书、隶书写全部《法华经》，一丝不乱，如训练之师，在平面的方阵上排出空心的图形，非常醒目。他的细字可以写在米粒牙签上。他用细字写经文做线条，用工笔"写出"佛陀和观音的立像坐像，栩栩如生。

有人说，写字不要太规矩。我想这也要看写什么。写金圣叹二十条不亦快哉，大概不能太规矩；写"弟子入则孝，出则悌"大概不能不规矩。写经是修行，正心诚意，克己复礼。詹居士写的经卷，俨然心中道德之律，头上繁星之天。写经以庄严虔诚感染观看的人，锲而不舍，金石可镂，字小行密，心灵空间却很大。

书法表形的"体"和文字表意的"用"应该息息相关。艺术讲求形式和内容泯合，我想苏东坡写《寒食诗》最适合，黄山谷写《范滂传》最适合，两人的"作业"不能对调。王羲之写《兰亭集序》适合，写《圣教序》不适合，用他的字拼贴成《圣教序》，只能说是皇帝的偏爱。李阳冰的篆字写

《易经》适合，写《论语》"莫春者，春服既成"那一段恐怕不适合。我想，写佛经正该用詹居士这一手字。

展览会场有人报告詹居士的背景经历，他的故事和许多书法家不同。很多书法家的故事大同小异，有天分，承家学，遇名师，扬名声。詹居士是从忧患开始，凭毅力有成，风格在佛教的信仰里形成。他学书为写经，写经为奉献，和别的书法家不同。他的字收敛了个性才情，风雷闪电、名山大川、公侯伯子男，他也见过，但在他的书法中没留痕迹。他一路行来，一心不乱。他手写的经卷是"六和敬"化身，达摩面壁留下的影子，唐僧一行恒河沙上的足迹。一切为了佛陀拈花一笑，众生一顾。

佛门信仰者亲手抄经，由来已久。起初，应该是因为印刷困难，经典需要流布，口传之外鼓励写经，把写经列为很大的功德。以我抗战胜利后在寺庙中所见，佛经都是手抄本，有些抄本的书法水准很差，但据说一定没有错字。大庙里有专供写经的房间，窗明几净，文房四宝摆在那里，善士轮流来"上班"。

今天不但印刷容易，打开电脑，《大藏经》就在眼前，任何一部你都随手可得，但写经的风气并未消失，只是意义改变了。有个名词叫"人性化"，荧幕上的"如是我闻"没有人性，虽然方便，但是隔了几层。手抄本有人气，有人的指纹，写经的人都是信仰者，点撇钩捺都藏着他的信念，念经的人可以和他两心相通。不用说，书法家写经，还可以加上艺术价值。

曲宗玫居士发愿写一百部《金刚经》，每部五千字，是五十万字的大工程。我最近看到一部。她学书追随王羲之、黄山谷，心领神会，写经时完全收起书法家的气势，高山仰止，必恭敬止。"心正则笔正"？是的，柳公权正是笔正的模范。笔正也可以使心正，一般人学书都是由笔正入手，由形式求内容。

六

中国台湾、美国的书法家联合展览，表现书法家都是一种文化哺育出来的孩子，都是一个老师教出来的学生，都是用同样一支笔创造出来的艺术。

我住在台北的时候，遇见一个美国留学生，他说某一种艺术常常在某一个国家表现得特别杰出，例如罗马的歌剧、俄国的小说。他问我中国在哪一种艺术上有最特殊的表现，我说应该是书法。中国有一个名词叫书道，中国人写字能写到形而上的境界，可以说独步千古。他认为我说得不错。

中国文化受西方文化的冲击，西方人对中国古代的音乐、绘画、舞蹈都有很严厉的批评，唯有书法，没听见他们说坏话。他们有些艺术家对中国书法很赞叹，自己承认在书法里面找到了灵感，找到了创意。多少人只能从实用的观点批评书法，不能从艺术的角度否定书法。书法既然是艺术，艺术都是"无用之用"，无用之用是一种大用，所以从有用无用的角度指责中国书法也是站不住的。

各位书法家，各位乡亲，各位乡贤，纽约有成千上万的爱好中国书法的人，有黄皮肤的人，有白皮肤的人，也有棕色皮肤的人，他们都是你们的粉丝。他们从电视上看您，从画报上看您，从网络上看您，也在画廊里、画展里看您。当他们手里捧着您的墨宝的时候，他们都是中国人。

中国人有法律上的中国人，有血统上的中国人，有文化上的中国人。今天展览的场地虽然小，却是一个文化广场，一个文化大国的缩影。展出的都是书法正品，我们这些中国人，这些爱好中国文化的人，站在这些墨宝前共饮长江水。

七

《世界日报》总部三楼的展览大厅，展示多位名家写的春联，联语中有哲学的善意，书法中有艺术的美意。在异域纽约，中华文化犹有这么深厚绵长的伏脉。

大展如海纳百川，写小文章只取一瓢。展览第一天，大部分对联即被收藏家订下。纽约几位艺坛元老的作品，早有捷足者先得，这固然在意料之中，那些个性任意流露的，个人色彩浓厚的，摆脱规矩、自辟蹊径的，也大都及时有了知音。

举例来说，曲宗玫的"物华天宝，人杰地灵"，字大如斗，挥笔如少林寺僧运气扫叶，而点画有金石气，观者大吃一惊。吴雅明的"一杯沧海波摇月，万叠春山翠入楼"，结体用大写意，字与字的空间设计并不平均分配，而用揖让腾挪之法。"医生画家"杨思胜一向写字如作画，他的一幅小篆，外张内弛，睥睨世态，使人想到他笔下的钟馗。他的巨联"一千九百九十九"，运笔用墨仿佛他的泼彩密云。

这般情况，是否也透露了某种消息？"解构"和"颠覆"的艺术思潮，怎样冲击了我们的书法世界？艺术家游戏的冲动和社会上不中规矩、自成规矩的生活哲学，又产生了什么样的互动？提供这样的思考探讨，是本次大展的另一贡献。

总体来说，这次光辉灿烂的春联大展，仍是正统经典路线挂帅，以"隆古延今"为志的张十之教授是个重镇，信守中华书道的人仍是多数。预料基本态势如此，但年年大展都有异数，请爱书法的人拭目以待。

访问张隆延先生

　　隐居纽约的张隆延先生有各方面的成就。在纽约艺坛华人三老之中，他与马白水先生同年，比王己千先生小两岁。

　　张先生说，他十九岁正式拜师习字，他的老师是胡小石先生，胡先生的老师是清道人。算来那是 1929 年，他进南京金陵大学政治系读书，胡先生是国文系的主任，兼授中国文学史。当时的师生关系古色古香，张先生追忆第一次到胡先生家中上课的情形说，胡老夫子把何绍基临摹的《张迁碑》影印本"摔"到他的桌子上，算是规定了课业。当时一同习字的还有两个人，一位名叫高文，习《孔彪碑》，还有一位女士叫曾昭燏，是金石家曾绍杰的姐姐，习汉简。胡老夫子批改作业时也说得不多，他在某个字旁边打个"×"，表示这个字写得不好，或在某一笔画旁边画个"○"，表示

311

这一笔写得不错。除了画符号，并不说明理由。张先生说，有一次，他鼓起勇气，指着打"×"的地方请求开导，胡老夫子的反应是喊人倒茶，以不答为答，颇似禅宗的一桩公案。

看来胡老夫子深有知人之明，他收的这三位门生后来都有很高的成就。至于他的教学方法，张隆延先生到八年以后才敢问他，那时中国抵抗日本侵略的战争正在进行，他们在重庆相逢。胡老夫子说，当初你问我这一笔为什么不好，我若具体地回答了你，你的字就没有今天的水准了。胡老夫子的意思是，要自己探求，自己比较。"如果我当时回答了你的问题，你得来太易，自以为懂了，其实仍然没懂，那就不能进步了。"

清道人曾说"写字要从双钩做起"，所谓双钩，是用极薄的油纸铺在拓本或名家墨迹印本上，把每一笔画的轮廓钩出来。古人没有今天的照相、复印等技术，特地发明了这个办法。（张先生说，今天我们看见的"王羲之真迹"，其实都是双钩以后填墨而成。把"真迹"放大若干倍，填墨没有填满的地方就会露出白线来。）现在有复印机，是不是还要做双钩？还是要做。因为经过双钩这道功夫，字的笔锋转折都了然在心，然后才能得心应手。张先生既受教于胡氏之门，清道人就是他的太老师，他对双钩下过许多功夫。

提到"下功夫"，张先生说起一件事。他读董其昌的文章，董说苏（东坡）写《赤壁赋》墨迹，一笔的末端，"隐隐有聚墨痕，如黍米珠玭"。这句话不知有多少人读过，没有引起特别的注意，张先生却立刻去找原迹查证。那时国民党初到台湾，撤退时运出来的文物都还一箱一箱堆在台中的库房里。张先生从苏字和米（芾）字里都找到了这种"墨珠"。他亲自拍了照片，回到台北，和照相馆的技师宋卓敏一同钻进暗房，洗出最满意的照片来。

"墨珠"是怎样形成的呢？这是由于"无垂不缩，无往不收"。横画自左至右，写到最后收笔的时候向左回笔，直画自上而下，写到最后收笔的时候向上一提，笔画末端有两次着墨的机会。为什么墨痕是圆珠形呢？为什么别人写的字没有这种墨珠呢？这就涉及用墨和运笔的玄机，发现了这个墨珠之后再临苏临米，应当特别有会心之处。由这个例子可见隆延先生书道之精。

隆延先生不仅是胡小石先生的门人，也是国学大师黄侃（季刚）先生的门人。那时黄先生在金陵大学兼课，教《说文》《史通》《史记》以及姜白石的词。张先生笺注了北宋周邦彦的《清真集》，引起黄先生的注意，因此在下课前特别交代："张隆延，星期六下午到我家去一趟！"这表示黄先生要特别造就一个人了，这人有机会到老师家中受教，学到许多"秘传"，这样的学生，称为"入室弟子"。班上的同学听到这一声特别的召唤，纷纷向张先生道贺。

张先生如命前往黄府，黄先生扔给他一本《史记》。这本《史记》经黄先生自己圈点过，学生要做的功课是，将一部《史记》也照着老师做的那样圈点一遍，把眉批全抄下来，这叫作"过书"。今天看来这样的教学方式颇为奇特，但调教出来很多大学问家。黄氏门人，如潘重规教授、高明教授、林尹教授、刘太希教授，在台湾主导传统文化研究和语文教育几十年。但张隆延先生的发展和他们不同，他到法国留学去了，书法和国学之外，兼为艺术史、艺术评论方面的专家。

我曾要求张先生简单地谈一谈他的工作经历。他有丰富的行政经验，出入俱在高层机构，先后受知于数位大人物，睁眼可以看见金钱权势之"可爱"，但先生迄未改变他的书生气质。在台北，先生如何如何"臣门如市，臣心如水"，一向为文化界人士津津乐道。他有一方印章，文曰"堂堂乎张"，原是孔子称赞子张的话，用来点在他"庄严宏深"的隶体书法上，颇能显出他的自许。他又有一方闲章，刻的是"文人习气"四字，这是当年台北第二号政要陈诚对他的批评，盖在舒展雍容的米体书法之一角，露几分谐趣。现在繁华落尽，他以书法家和艺术评论家的身份在纽约定居，不论行政工作曾经分去他多少时间精力，他的字依然这么好，艺术史和艺术理论的学问依然这么高，在动乱的时代，这是一个稀有的典型。

胡小石先生当年在大学讲授"书学史"，是当时独有的课程，张隆延先生去旁听，爱上这门学问。后来张先生到台北，应聘到中国文化学院主持研究所，也开了一门"书道史"，就是继承并发扬胡老夫子的"绝学"。

张先生说，所谓书法的历史并不是篆以后有隶，隶以后真书草书而已，其实，草书并非在楷书之后产生，楷书之前，篆隶都有草书，战国时代的铜器上就有潦草连笔的字体。草书自来就有，因为人自来就有匆匆忙忙连笔写几个字的需要。书法的历史也不仅仅是那个时代有哪几个书家，他们写的字有什么特色，"书学史"和"书道史"更复杂也更精细。

举例而言，黄庭坚跋苏东坡的《寒食帖》，写到"东""西"二字，第二笔下笔时都是笔尖向内，并不是笔尖向外。为什么？他并不是"爱怎么写就怎么写"，他有依据。在他之前，北魏时期的《始平公造像记》里面有个"四"，这个字的第一笔就是笔尖向内。同时代的《牛橛造像》里面也有这样的写法，这是书法历史上不能忽略的现象。

再如黄山谷写绞丝旁，第一笔和第二笔并不相连，也就是说，第一笔向左下方走，然后提起，并没有拐回来。他为什么这样写？他也不是爱怎么写就怎么写，他也有所本。在他以前，南朝《爨龙颜碑》里面的"乐"字、"蛮"字，北魏许多刻石里面的"张"字、"乐"字，都是这个写法。从书法史的角度看，这也是很值得注意的现象。（张氏有《南北朝书道略论》，列举许多例证。）

书法史观察研究中国字何时出现圆笔、何时出现方笔，书法史也指出宋徽宗的瘦金体之前有褚遂良，褚之前有龙门唐刻《优填王造像记》，再向上推求还有东汉《夏承碑》。书法史当然也记述中国文字的起源和演变，它的"最上层建筑"是书法的美学。

1949 年后，张先生在台北讲授书法史，曾昭燏女士在南京讲授书法史。曾女士不幸遇难，张先生提起来犹痛惜不已。另一位同门高文先生留在河南，和张先生常有书信往还。

凭什么说这个人写的字很好，另一个人写的字不好？书法家写出来的字和"书匠"写出来的字有何区别？这是一个不该问的问题，我还是代表一般人提出来问了。

关于书道之美，张先生在他的著作里一再阐释，我没有能力从中提炼一个适合在这里发表的答案，但张先生提到的书法的两个术语，应该可以帮助我们。

第一是"杀纸"，意思是，一笔一笔写下去，笔墨好像把纸的组织破坏了，笔好像杀进纸里，笔画好像嵌入纸内。凡是书法家，他的笔力应该已到这般火候。

第二是"破空"，当年胡先生对张先生解释破空，教他"第二天早晨，坐在树底下，抬头向上看，看树枝，看树枝后面的天空"。张先生大喜，立刻说："不用等到明天早晨，我现在就知道什么是破空了。"以纸张比天幕，以笔画比树枝，笔画好像浮雕一样从纸上凸出来，占有自己的空间（张先生称之为三度空间），好比树枝并不"贴"在天幕上，清清楚楚地有立体的感觉。

"杀纸"是"笔力入纸","破空"是"精神出纸",在书法家笔下，两者相辅相成。书道的美，就在这看似矛盾其实统一的两个条件之下呈现。用"杀纸"和"破空"这两个条件"检验"张先生的书法，或者说拿张先生的字向这两个条件求证，得到的事实与理论一致。大概远看易于发现"出纸"，近看易于发现"入纸"，强光下个个字"出纸"，暗影下个个字"入纸"。还有，当你的心思意念专注于"破空"时，每个字应邀"出纸"，当你的心思意念专注于"杀纸"时，每个字又如心电感应一般退后入列去了。职是之故，再精妙的复制品也不能代替真迹，复制品可能形似、神似，但不能"出纸""入纸"。

关于艺术之美，张先生提出"总相"一说，意思大概是，从一种艺术品之中可以领略各种艺术的美感。歌德说"建筑是凝固的音乐"，中国先贤说"诗中有画、画中有诗"，说"书为心画""书画同源"，都曾约略点出个中信息。张先生的"总相"说则把这一类零星的感受予以系统化，提升到学术的层次。

张先生说，书法中有画，有音乐、雕刻、建筑、舞蹈，而且书法"也就是"画、音乐、雕刻、建筑、舞蹈。他在《书道美》中以中国的各体书法与中外各类艺术做了一系列的对举，得出如下的结论——"法界体同，本无异相"，总相既具，无所不是！感受到的人，眼可以听，目可以嗅，鼻可以读。这需要欣赏者"以意感，以神通"。

既然如此，我们可以说，真正杰出的书法具有美的"总相"。这总相，不是人人看得出来的，所以书法的鉴赏需要专家。

由中国大陆、台湾地区到美国，隆延先生有很多学生，像刘国松先生，像傅申先生，已是国际知名的人物。这些年在纽约闲居，仍然常常有人登门跟先生学字，先生称他们为"玉洁庵友人"。1996年年底，"玉洁庵友人"举行书法观摩展，参展者二十八人。

"玉洁庵友人"陈瑞康先生是有名的书画家，他说，请张隆延先生指导他们的书法，是另一位国画家胡念祖的主意。他说张先生为人方正谨严，这性格反映在先生的书法上，也反映在先生的教学法上。先生主张写字一定要从"正体字"入手，"正体字"包括篆书、隶书、真书（唐以后叫"楷书"）。陈瑞康先生虽然早有一手很好的行书，此时也"收其放心"，一笔一画临摹《礼器碑》，问起学字的进益，他连连说："有收获，有收获。"

篆刻

篆刻艺术　雕虫成龙

访问牛叔承、曲宗玫伉俪

　　中国人大概都用过印章，公私文件都要盖章为凭，例如领薪水，要盖章才领得到钱，会计部门有你盖章的收据才可以报销。想当年，军中一个不识字的二等兵也得有一个图章，每月在"饷册"上盖用。这些私名章装在麻袋里，随着军需人员行动。有时候军中有专用的"刻字匠"，他领军饷，穿军衣，坐办公桌，部队不断地有老兵战死或逃亡，也不断地有新兵补进，这个刻字匠也就不断地有事可做。

　　这种"装在麻袋里的图章"，印材一律用木头，取其成本低廉；字体一律用楷书，取其容易辨认；印面大小一律为一平方厘米，取其恰巧盖在"饷册"的空格里。至于雕刻的水准，完全不必讲究，它是为了满足军中文牍的形式要件而设，士兵根本不知道他有这么一个图章。

那时，一个农村青年，他在乡下割草放牛的时候没有印章（只有指纹），一旦入伍成兵，即使他是绳捆索绑被抓了丁，即使他挨打受骂吃不饱，他也成了一个"有图章的人"，因为他在社会上有了个"位置"。印章的巨大潜力，印章不可抹杀的象征性，从这件事上得到无言的说明。

如果以二等兵为起点，抬眼向上看，看到中国传统的士子，几乎可以说，印章在他们的生活文化之中是一枚不可或缺的识别证。中国一向称琴棋书画为四艺，简直可以加上刻印成为五艺，又一向以笔墨纸砚为四宝，简直可以加上印章成为五宝。在他们口中，有关用语都另有说法，刻图章不叫刻图章，叫"篆刻"，刻图章的人叫"金石家"。

据久居纽约、精于鉴赏的牛叔承先生说，所谓篆刻有广义和狭义，古代，在玉器、石器、铜器上雕刻的文字或花纹都叫篆刻，后世缩小范围，专指"刻图章"，而所谓刻图章，文人雅士则称之为"治印"，治印的艺术家则自称"印人"。真正的印人一定通晓"金石学"。所谓金石学，是对中国历代铜器石刻的研究和鉴赏，所以"外人"也将"印人"尊为金石家，其实印人一定通金石，金石家倒不一定能治印。

中国传统文人有许多名字，有"谱名"（根据家谱班辈取的名字），有"学名"（入学读书用的名字），有"字"（为阐发本名的意义而设的名字），有"号"（一个更漂亮的名字）。例如，清代康乾间的篆刻家丁敬，有如下许多名字：敬身、钝丁、龙泓山人、砚林、孤云石叟、胜怠老人、玩茶叟。名字既然多，印章当然也多。

文人雅士的印章未必拿来签文书、立字据，这印章大半用在字画上。写的信，在某种意义上也是墨宝。牛叔承先生的夫人曲宗玫是画家，字也写得好。她说，一幅字画的尺寸有大有小，印章的大小也得与之相称。还有，有时写草字，有时写篆字，有时画工笔花鸟，有时画泼墨山水，画成之后，落款盖章，就得考虑到篆刻的风格是否适宜相配。这么一来，同是一个名字、一个别号，就得有几方印章，有大有小，有朱有白，有工整有奔放，等等，所以，中国的传统文人多半有一大堆印章。

不仅如此，中国传统文人喜欢给他的房子取个寓意深长的名字。以曲宗玫女士来说，她的画室就叫"来青阁"，取自王安石的名句"两山排闼送青来"；她的第一个孩子出世后，对身为人母有种种自觉，又把居住的地方叫"蔼萱室"，暗寓自勉。在纽约的书画家，张隆延先生有"玉洁庵"，王己千先生有"溪岸草堂"，王方宇教授有"食鸡跖庐"，陈瑞康先生有"醉墨轩"，丘丙良先生有"岐阳堂"，杨思胜医师有"书尘轩"，李振兴先生有"纽约玉梅花庵"，袁中平先生有"清明琴斋"。

曲宗玫女士说，文人还有一种印章叫"闲章"，既不刻姓名字号，也不刻亭轩庐斋，上面刻的是一句"闲话"，可能从前人的诗文里摘取，也可能自己创作。这句话代表他的心情境遇或"觉悟"。例如，道光年间伟大的"印人"吴昌硕，他有一枚闲章，刻的是"同治童生咸丰秀才"。清朝先有咸丰，后有同治，科举是先做童生，再中秀才，一个人在咸丰年间已是秀才，到同治年间怎么会又变成童生？这好比1990年中学毕业、1994年小学毕业一样荒谬。吴昌硕就用这方印章记下他荒谬的遭遇。清代因政治腐败而生"洪杨之乱"，"洪杨之乱"又导致轨序失常，他咸丰年间中的秀才，到同治年间不算数了。

闲章非比等闲，既是其人思想深度、人格高度、感情浓度之流露，也是后人沉吟、涵泳、想望、景仰之所寄，其中有篆刻家平生最好的作品，也是印谱、印史精华之所聚。有关闲章，牛府见多识广。张大千喜欢买画，收藏丰富，但开支浩繁，手头时有不便，也常常卖画，他刻了一方"别时容易"，盖在业已成交尚未脱手的画上，取义"别时容易见时难"，颇为伤感，也甚为含蓄。倘若把"见时难"三个字也刻上就俗了，雅俗分野只在"几希之间"。当代名家王壮为先生将所刻的"吹参差兮谁思"送给张隆延教授，祝贺张氏六十岁的寿辰，边款有"同登六十"字样。印文出自屈原《九歌》中的一句，是想念的意思。此印甚雅，是王壮为的代表作之一，现由牛府收藏。

印章到底是怎么产生的？牛叔承先生追源溯本、引经据典做了说明，现在我把他的说法简化了也通俗化了，倘因此失去文采雅驯，是我的责任。

中国印章起源于"封泥"。众所周知，古人一度把文书写在木简或竹简上。两块简叠起来，穿上绳子，上下各加一层木板夹住，木板上有沟槽，绳子沿着沟槽捆扎起来，为了防人偷看内容，最后用一小块泥"糊"住绳子，在泥上盖一个印痕，谓之"封泥"，拆封时，封泥就破裂了。这办法使人联想到从前欧洲人用火漆封信的情形。

现在还能看到殷代封泥用的印，能看到汉代幸存的许多封泥。有一块封泥上的字很清楚——"严道橘园"，看了这块封泥，可以知道汉代设置官吏管理橘子的生产，所产的橘子由政府专卖，这"橘园吏"可以上比庄子做过的"漆园吏"。

到秦，印章有重要的发展。秦统一了六国，也统一了文字，统一了制作官印、私印的制度。这时候，产生了中国印史上最伟大的故事，就是传国玺。"传国玺"这一多幕剧，上起战国，下迄宋辽，历经秦汉魏晋隋唐，先后有始皇、李斯、王莽、孙坚、刘曜、石勒诸大明星登场，最后此玺下落不明，据说被丢进桑干河里去了，中国人至今引领翘首盼它突然出土呢。

从艺术的角度看，秦玺只是过场，汉印才是高潮。牛先生说，中国人常说汉赋、唐诗、宋词，中国人还可以说"汉印、晋字、宋画"。治印至汉，集大成矣，范型立矣，印人仿汉之风历代不绝，后世大家无不受其影响。

汉印的笔画多半是凹痕，这是为了便于在封泥上使用，印痕凹下去，盖在封泥上的笔画正好凸出来。一般人管这种在印面上凹下去的字叫阴文，印面上凸起来的字叫阳文，殊不知古人的习惯恰恰相反，他们以在封泥上印出来的效果为准，于是印面的笔画凹下去的反而是阳文。为了避免混淆，后来治印的人不说阴文阳文，而说白文朱文，这是以印泥盖在纸上的效果为准，看笔画是红是白，汉印的特色在白文，所谓"秦朱汉白"。

我请曲宗玫女士对她家藏的汉印做一讲评。她说"武德常印"可称汉印的佳构，四个字平均匀称，饱满丰美而不痴肥。白文笔画所占的空间比例极大（这叫满白），朱丝隐现之间有"气"流动充盈，似乎有个深厚博大的背景。"汉留侯裔"，给张良的后代刻印采用"仿汉"当然是很好的想法，这一方印章刻意中规中矩，线条有石雕的趣味，刀法猛利，略欠温厚。"何传洙印"保留了毛笔的抑扬顿挫，多用方笔，彰显了个人风格。"燕山长寿"是一句吉利话，徐云叔刻了送给牛叔承，仿汉，留白有行云流水之致。

自汉以下，历经唐宋，篆刻（狭义的）余脉千里但是未见奇峰。印章逐渐脱离封泥，盖在纸上，印艺追求纸上的效果，是一项不容忽视的发展。明清两季，印章突放异彩，"百花齐放，百鸟争鸣"，普遍渗入中国人的文化生活。曲女士说，这是因为印人发现了"软石"，也就是硬度不高的石材。据说元代的王冕首先使用花乳石，我们今日看不到他的作品。到明初，文彭使用灯光石，也就是冻石。由于文彭的提倡，软石刻印大行于艺林，展开了篆刻的新纪元。

文彭是明代印人，原籍江苏长洲，他的父亲就是鼎鼎大名的文徵明。文彭的作品只有寥寥几方传到今日。我们已经借以确知，印人独力完成一件作品，是由他开始的。以前是文人和匠人合作，即文人打稿（术语称为落墨），匠人铸镌。刻印的人在印身四周落款留名并附诗文（术语称为边款），也是由他倡导成风。

软石容易下刀，印人因象赋形，可以得心应手，因此出现了个人风格。篆刻家各有自己的面目，一望可知并非出自一人之手。未受训练的人也许不能认出它的来历，总可以看出这是两种不同的成品。这样明显的差异，是从前罕见的。

到底什么是个人风格？前贤论风格，有古拙、儒雅、清新、娟丽等一大堆术语，含义笼统模糊，只有内行人了解。说丁敬的风格"技巧绮丽，刀风飞快"，说赵之谦的风格"严肃而有变化"，算是比较具体了，但所传达出来的讯息仍然有限。

长期在书道中涵泳的曲女士说，大篆刻家都是书法家。何震说过，他没见过写字写不好而刻印刻得好的人。篆刻家下刀治印的时候，他在书道方面的修养自然流露，刻出他自己的笔画线条。印人有了这番自觉以后，理论纷纷出现，何雪渔"驰笔如刀"，徐上达"刀藏于笔中"，赵之谦"印外求印"，邓石如"书由印入，印由书出"。他们使刀如使笔（所以有铁笔之名），刀法中见书法。既然每个人写出来的字不同（我们都有辨认笔迹的经验），刻出来的印又怎会相同？

篆刻家有了风格，风格相近的人就形成流派。书上说，篆刻有粤派、邓派、吴派、皖派、浙派、扬州派、云间派，牛叔承先生说能够成立的，其实只有浙派和皖派。吴昌硕、齐白石自成一家没有问题，是否立"派"就难说，齐白石就反对别人学他，声言"似我者死"。邓石如应该列为皖派，他的影响大，尊他的人才有邓派之说。

谈到"刻印为什么总是使用篆字"，曲女士说，用楷书刻印，用隶书刻印，古今都有，若论篆刻艺术，还是篆书最宜。今后的篆刻，印材以石为首，印文以篆为尊，恐怕不会改变。何以故？曲女士指出，篆书的线条变化多，有图案美，组合印文的时候容易讲求疏密离合，做到挪让屈伸，而且，在篆体的领域内有古篆、大篆、石鼓、金文、甲骨等，材料丰富，篆刻家游刃其间，自由创造而又不失依据。

说到腾挪变化，打开前人的印谱，可以看见丁敬把"万壑千岩"的"万"字刻成卐，"壑"字下面没有"土"。钱松刀下的"寂寞"，"寂"字无"又"，"寞"字没有宝盖。陈鸿寿"琴棋诗画巢"，"琴"字只有两个"王"并排。陈鸿达给王恕刻印，"恕"字"女"在上"口"在下。张燕昌的"海"，"每"在上，"水"在下。邓石如的"流"，左右两旁都有"水"。职是之故，有些印章只有专家才认得是什么字。

既然"印材以石为首"，我就请牛先生谈一谈他所见的印石。他在这方面有丰富的经验及专业修养。印石以产于福建福州的寿山石、产于浙江青田的青田石、产于浙江昌化的昌化石为三鼎足。中国人津津乐道的田黄石即属于寿山石，鸡血石即属于昌化石。

所谓田黄，并非一个"黄"字可以了得，专家分类立名，一丝不苟。

田黄：

石色——金黄、土黄、枇杷黄、橘皮黄、熟栗黄、鸡油黄、桂花黄。

石纹——萝卜丝纹、橘囊纹、牛毛纹。

石衣——金包银、银包金。

鸡血：

石色——全红、发红、嫣红、条红，刘关张三色鸡血。

石地——玻璃地、藕粉地、荞麦地、羊脂地。

寿山石山坑有一种极好的石头，因产地接近芙蓉山而另有专名："黄芙蓉"和"白芙蓉"。田黄、鸡血、白芙蓉，合称印石三宝。这些石头到底有多么贵重？"一两田黄十两金"可是真的？牛先生说，他曾从收藏家处见到一块约十厘米高、七八厘米宽的"田黄山子"。所谓山子，并不是方正的印材，它只是形状不规则的原石，表面刻有花纹，术语称为"薄意"。有人想买，出价四百万新台币，物主还不肯卖。那块茶杯大小的田黄能有多重？何止"一两田黄十两金"？他说，要看田黄，可到台北市仁爱路的鸿禧美术馆，那里收藏陈列的田黄石极多，非"琳琅满目"可形容。

我最后一个问题是，怎样判断一方印章刻得好还是不好？名家的"名"，当然是一种品质保证，如果我们游北京、上海，逛字画店，店中悬着价目表（润例），代客刻印，鬻印的人未必很出名，也许他隐姓埋名，我们如何从他悬挂的样品知道他好不好？如果同时有两个人鬻印，我们如何知道这一个比那一个好？

既然篆刻和书道有密切关系，这个问题由长期在玉洁庵受教、每天临帖练字的曲女士作答。她说，这关系到鉴赏能力，必须经过训练。何震说，要写得出好字才刻得成好印，我们也可以说，要想分辨篆刻的高下，先要看得出书法的高下。

曲女士说，单是这样还不够，鉴赏印章还得对构图、对空间经营的艺术有概念。为什么治印对字的位置讲求"揖让提携"？为什么对字的形状笔画讲求"疏密离合"？这是为了最恰当地使用空间，和画幅山水、规划一座公园或兴建一座大教堂的道理相通。篆刻家称此为"布白"。若要领略篆刻的艺术，也得能领略空间的艺术。

不仅如此，鉴赏印章的人要能懂得，印面上刻出来的笔画固然重要，没刻出笔画来的那一部分（空白）同样重要。这也正合于著名的"无用之用"理论，如果印章是白文，那屈曲盘回的红丝也是艺术，如果印章是朱文，那息息相关的白线也是艺术。用篆刻家的术语来说，这叫"计白当黑"或"知黑守白"。

最后，牛先生补充说，看印章要虚实兼顾，鉴赏家应"由虚入眼"，从布白空间看落墨之点画结体而发现其浮移灵动、高明自在，这是虚与实的相辅相生，也是陆机《文赋》"课虚无以责有，叩寂寞而求音"的另一实行。现代人在拥挤零乱和充满各种压力的社会里，可以从篆刻这方寸之地找到舒适呼吸的空间，至此，篆刻这门技艺，也正式进入了"雕虫成龙"的化境。

记两位篆刻家

在纽约数中华文艺，论人口以作家最多，画家次之，书法家又次之，说到篆刻，那真是以稀为贵了。忻小渔先生出现，大家竞相传告。他是安徽来的篆刻家，也是一位书法家，本名忻可权，"小渔"是他的笔名。为什么要叫小渔呢，他说艺术浩瀚如海，他不过是一个小小的渔夫罢了！言外之意是自己成就有限，我一听这话有意思，从此有了交往。

那时华人社区习字学画的风气渐盛，几位书画大家都有很多学生。这些人学习的热情高，舍得花大钱买好纸好笔，请名家装裱，唯有印章粗俗，而且只有一方两方。我劝他们去找忻先生，我说印章可以显示你的水平、交游、品位，必须讲究。我说书画家照例要有很多印章，朱文白文，正名别号，长形圆形，大件小件，跟你的字画配合使用。我说找名家刻印不容易，名家架子大，他忙不过来的时候由弟子替他刻，花了大钱也许买来的是冒牌货。忻小渔来到纽约算是龙卧浅滩，跟他打交道咱们占便宜。

我从台湾带出来两方石料，外观像寿山石，其实是泰国产品，台湾的篆刻家名之为"泰来石"，否极泰来，很吉利。那时海峡两岸断绝往来，寿山石难得一见，泰来石几乎取而代之，我请小渔先生以此石治印。我是兰陵人，战国时荀卿曾为兰陵令，兰陵人以此自豪。我家从前有一方旧印，文曰"荀卿治下"，小篆朱文，我要求他复制。

兰陵产酒，兰陵人另一件向人夸耀的事是李白写过"兰陵美酒郁金香"，这首七绝选入《千家诗》，宋代以后列为小学基本教科书，因此兰陵酒名气很大。我祖父开过酒厂，他的产品在上海举办的万国博览会上得了大奖，他的招牌字号叫"德源涌"。我的另一方石料长形圆角，略呈弯曲，如衣带下垂。我对小渔说，如果在这方石头上刻出"德源长涌"四个字，用你拿手的邓石如体，线条如波纹流动，岂不甚妙？

小渔说："你指定字体款式，称为'点品'，真正的篆刻家是不接受的，不过我可以为你破例。"他说："兰陵是你的第一故乡，台湾是你的第二故乡，你把从第一故乡带来的记忆，刻在从第二故乡带来的石头上，两个故乡合而为一了，这样的事我愿意做。"说得好！有他这几句话，我这两方印章就金不换了。

我曾问他一共刻过多少印章，他说大概有一万吧。他这一万件作品散布在中国，散布在美国，散布在中华文化的世界里，这是一万个美、一万个爱。小渔先生给我刻的印章，有一方刻的就是"信望爱"，他有爱心，他爱艺术，爱一切艺术人口。他是安徽人，安徽有一座山，黄山。"五岳归来不看山，黄山归来不看岳"，看这两句话就可以知道黄山是个什么样的地方了。他在黄山下面住过六年，形成他篆刻的风格。

他本来住在皇后区，后来搬到史泰登岛，我有风湿性关节炎，往来诸多不便，见面就稀少了。有一天在街头相遇，他行色匆匆，只能站在街头交谈，他说眼睛出了大毛病，今后与篆刻绝缘了！我大吃一惊，我说张大千先生晚年眼睛不好，他用泼墨的技法泼彩，大气磅礴，创造新天新地；王壮为先生后来眼睛也不好，他用粗线条大印，俨然周鼎汉瓦。不管怎样，您的艺术创作不要停下来。

又过了好多年，古琴演奏家袁中平打电话来说，忻小渔先生去世了！我连忙写了一副挽联，随他到史泰登岛参加告别式，葬仪由牧师主持，这才知道他有了宗教信仰。袁中平在灵前弹奏《阳关三叠》，伴以低吟。我致辞说，忻先生是艺术家，艺术家的好东西都拿出来分散给人家，为而不有，他觉得很快乐，施比受更为有福，这也是宗教家的精神。

中国人刻图章，通常使用两种材料，木材和石材。吾乡那位老进士，他就把自己治印的房间叫"木石居"。读《孟子》，知道"木石居"本来的意思是与木石同居，隐于山林之间，大清科举出身的读书人隐然有不甘民国统治的意思。老进士所用的"木"包括桃核，书童把桃核磨成平面，他在上面刻"无一长处"，古人说人有一长必有一短，无一长处也就没有短处，老进士句句是典。

桃核木质细密，不崩裂也不变形，面积很小，正好显出治印者的功力。老进士目力腕力已非少壮，仍能在上面刻出"眼晕瞳花"。但是，桃核磨出来的平面上可能有小坑小洞又怎么办呢？他可以选用正好需要小坑小洞的字形，"木石居"三个字，不是正需要两个口吗！中国的钟鼎甲骨一直到小篆，一个字演变出许多形状，一个"寿"字有一百多种写法，篆刻家对所有的字形了然于胸，可以利用印面的地形布置印文。何况，治印的人还有权力创造字形，例如"松"这个字，他可以把"公"放在上面，把"木"放在下面，反而更像一棵树。

六十年后，我在域外认识了画家丘丙良先生，他也以治印闻名。有一次，我到他的画室参观，看到了他家藏的印章。他喜欢齐白石，齐老先生的作品装满了一个小小的檀木箱子。引我惊喜的不是白石老人，是他用桃核刻成的几方闲章，想不到半个世纪之后、半个地球之外能够见此"旧物"，想不到逞才使气的丘丙良，为了艺术，也能借桃核磨炼性情。我紧紧握住，不禁泫然。

他看见我的表情，慨然说："我给你刻一个。"这一诺真是重于千金。

丘丙良，广东台山人，擅长写意风景，大家最称赞他的游鱼，认为他画中有庄子的鱼，别人画中只有姜太公的鱼。花卉运彩飘逸明亮，个人风格强烈。夏天见他穿乳白色杭绸小褂，一把折扇在胸前打开，他这个形象很中国，中国的服装，中国的道具，中国的名士。他移民四十年始终保留中国国籍，依规定，他可以用中文参加入籍的考试，他说他觉得做一个中国人舒服，而且他说"只有做中国人，才可以画好中国画"。警句也！我听了大吃一惊，这句话值得有学问的人写一本书。

丘先生初到纽约时也经过一番打拼，画了许多小画送到画廊和购物中心寄卖。所谓小画，通常指三十厘米见方，丘氏供应的这种小画还要小一些。美国家庭喜欢挂在楼梯的扶手的上方，一买就是十幅八幅。他卖这些画使用化名，后来他成名了，不需要做这门生意了，他家地下室还存放了一批，这一放就是三十年。有一天，他大扫除大清理，把这些过期的小画交给他的一个学生，任由他的学生廉价售出，把收入全部捐给慈善团体。大家一听，对人对己这都是好事，纷纷出手。我也买了两幅，丘氏立刻画了两条鲜鱼送我，表示谢我捧场。这个举动也很中国。

丘丙良终于叶落归根，回到中国定居终老。纽约文友在餐馆相聚，常常想起"吃在广东"。丘先生也是一位美食家，广东人爱吃狗肉，丘氏对屠、烹皆有所长。有一次，"医生画家"杨思胜约叙，画家张建国兄在座。他谈到丘丙良趣事一则，可记。丘氏有一友人，家中母狗生出许多小狗，以多为患，请丘办一桌狗肉大宴，丘欣然从之。狗主人约定日期，设宴于楼下，缚幼犬于楼上。主人把屠刀磨好，开水烧好，作料准备好，请丘动手。丘提刀登楼，宾主皆在楼下屏息等待，半晌不闻动静。

众人登楼察看，见丘提刀垂头而立，刀上并无血迹，众幼犬目光炯炯而视。众问所以，丘叹曰："老了，手软，没法下手。"

这条掌故也很中国。